U0485058

叶辛长篇小说精品典藏
Ye Xin Changpian Xiaoshuo Jingpin Diancang

问世间情 WEN SHIJIAN QING

时代出版传媒股份有限公司
安徽文艺出版社

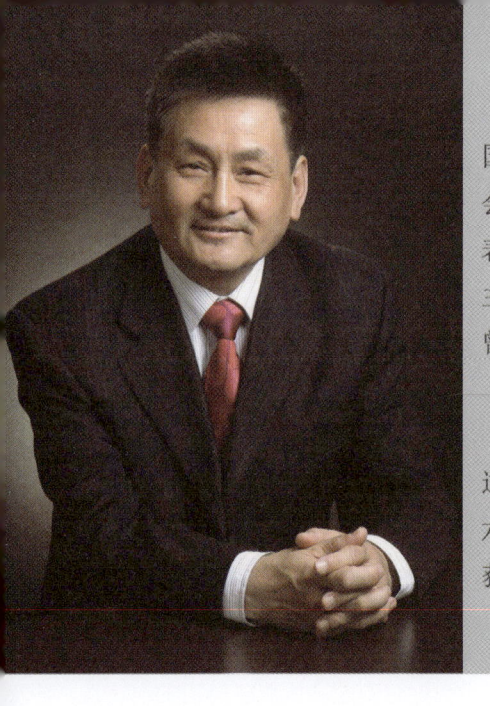

叶辛，1949年10月出生于上海。中国作家协会副主席、国际笔会中国笔会副主席、上海文联副主席、上海作家协会副主席、著名作家。曾担任第六届、第七届全国人大代表和贵州省作家协会副主席，《山花》《海上文坛》等杂志主编。长篇小说《蹉跎岁月》《孽债》被改编为电视连续剧，曾引起全国轰动，成为中国电视剧的杰出代表。

著有长篇小说《蹉跎岁月》《家教》《孽债》《三年五载》《恐惧的飓风》《在醒来的土地上》《华都》《缠溪之恋》《过亭》等。另有"叶辛代表作系列"三卷本、"当代名家精品"六卷本、"叶辛新世纪文萃"三卷本等。短篇小说《塌方》获国际青年优秀作品一等奖，由本人担任编剧的电视连续剧《蹉跎岁月》《孽债》《家教》均获全国优秀电视剧奖。

Ye Xin Changpian Xiaoshuo
Jingpin Diancang

叶辛长篇小说精品典藏

问世间情

WEN SHIJIAN QING

叶辛 ◎ 著

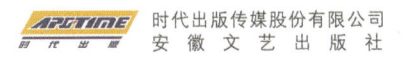

时代出版传媒股份有限公司
安徽文艺出版社

图书在版编目(CIP)数据

问世间情/叶辛著. —合肥：安徽文艺出版社,2017.4(2018.4重印)

(叶辛长篇小说精品典藏)

ISBN 978-7-5396-5906-0

Ⅰ. ①问… Ⅱ. ①叶… Ⅲ. ①长篇小说-中国-当代 Ⅳ. ①I247.5

中国版本图书馆 CIP 数据核字(2016)第 258831 号

出 版 人：朱寒冬	选题策划：朱寒冬 岑 杰
责任编辑：韩 露	装帧设计：丁 明 褚 琦

出版发行：时代出版传媒股份有限公司　www.press-mart.com
　　　　　安徽文艺出版社　www.awpub.com
地　　址：合肥市翡翠路 1118 号　邮政编码：230071
营 销 部：(0551) 63533889
印　　制：安徽新华印刷股份有限公司　(0551)65859551

开本：710×1010　1/16　印张：12　字数：200 千字
版次：2017 年 4 月第 1 版　2018 年 4 月第 3 次印刷
定价：35.00 元(精装)

(如发现印装质量问题,影响阅读,请与出版社联系调换)

版权所有,侵权必究

一

索远从酣睡中醒过来,睁开了双眼,肩膀又被推了一下,他才意识到,刚才不是麻丽无意中碰到了他,而是麻丽在催促他快醒醒。

从没拉严的窗帘之间透进一道明亮的晨光,天早亮了,亮得有些耀眼。

索远把脸转向麻丽,麻丽一边把无领衫套上身,一边把嘴角往门那边努了努,示意索远侧耳倾听,门口有动静。

无领的套头衫挺合身,恰到好处地衬托出了麻丽的体形,她的一对乳房,鼓鼓地挺得高高的,好诱人,当初,索远不也是被麻丽的胸部所吸引吗?

他正想问话,门外一个女人的声音在问:"这是远哥的家吗?"

"不晓得!"一个生硬的男人嗓门道,"这地方,租房住的人多了,你到前面几家去问问吧。"

冷漠生硬的男人一面答一面按着自行车铃骑远了。清晰地听见这一切的索远呆住了。

问话的女人狐疑地嘟囔着:"还要走啊!前头不是有人说,31号就在这里吗!"

说着脚步声走离了门边。

麻丽一双眼睛顿时瞪大了,双腿往床边伸过去,说:"我们这里是31号,我去喊住她吧。"

没等麻丽的双脚趿上塑料拖鞋,索远一个跃身而起,猛地扑上来,揪住了麻丽,颤声道:"去不得!"

"哎呀!你把我抓痛了。"麻丽拨拉着索远的手,"人家不是在找 31 号吗?"

索远的气也喘得粗了,声音像是从牙齿缝里迸出来的:"这是我乡下的老婆但平平找来了……"

"啊!"麻丽低低地惨叫一声,身子顿时抖动起来,"她咋个说来就来了呀?那……那……那我怎么办?"

说着她跳下床,在床沿边没头苍蝇般转着圈,趿上塑料拖鞋,往门口走了几步,陡地又退回来,大惊失色地自语道:"我、我不能出去,她站在门口,我,我我我……"

索远从另一侧跳下床,"哗啦"一声拉开窗帘,"嘭"地一下推开两扇窗门,当机立断地道:"麻丽,你从这里出去。"

麻丽三步并作两步,来到窗户边,迈腿想要跨上窗台,不晓得是心慌意乱,还是迈不开腿脚,迈了两次,她的脚就是搭不上窗台去。索远的身子往下一蹲,张开双臂,拦腰把麻丽抱起来,送上了窗台。麻丽的双腿转向窗外,没顾上落地,双手又一把搭住了索远的肩膀,局促地道:"家……家里还有好多我的东西,你赶紧……"

"明白,你快走,不要脸对脸撞上了,是最要紧的。"索远在麻丽的后背上轻轻拍了两下,催促着,"你走吧,她往前头问清楚,一会儿又要找回来的。"

"好。"麻丽在索远的额头上吻了一下,跳落在地面上,沿着后窗边的一条小路,往落漕浜那头疾疾走去。落漕浜是一条小河。

索远探出头,望着麻丽的背影在苹果梨园边消失,这才吁了一口气,抬起头来。

正对着窗户的梧桐树枝上,一对鸟儿正叽喳啁啾着,嘴对着嘴,交颈啄舌地亲热着。

索远转过身子,一眼看见麻丽那条色彩素雅的束腰短裙显眼地挂在衣架上,他快步走过去,把短裙抓在手里,转眼又看见麻丽那双银色的皮鞋,鞋面上布满了金色的小珠珠,时尚,上班的日子麻丽还不舍得穿呢!索远把鞋子拿起来,转脸寻找放鞋的盒子,遍觅不见。也难怪,平时在这屋里,这一类家务事,都是麻丽包揽下来的,他哪有闲空管这些鸡毛蒜皮的小事啊!再一溜眼,他看到了隔壁厨房兼卫生间洗盥盆上置放的牙刷、挂着的毛巾、漱口杯,全是他和麻丽两个人的,还有房间里横空拉直的塑料绳上,悬挂着麻丽那件粉色的内衣,小巧的三角裤,女式袜子,她那副特意挑选来的乳罩……哎呀呀,在这间充满着麻丽生活痕迹的屋子里,要在短短的几分钟里,把这一切痕迹全都抹去,完全是不可能的!索远沮丧地把手中提起的皮鞋丢在地上,揉成一团的束腰短裙重新挂上衣架,继而四仰八叉地躺在床上。对了,两只枕头该叠在一起,幸好天气热,床角只有一条毛巾被,上海的高温天里几乎不用盖,就让它留在角落里吧。

索远躺在床上,心里七上八下,脑子里一片混乱,他的双眼闭着,眼皮却在慌乱地抖动。他不晓得自己的老婆但平平是怎么跑到上海来的?她不是安心留在老家那个叫郑村的地方吗?上个星期给她打电话,她还说父母活得好好的,没病没灾,天气是很热,两个老人自有办法应付,他们仍然闲不住,忙完了田里的,又要忙园子里的。女儿索想又长大了,就是瘦,到了抽条的年龄了吧,吃得不少,就是不见胖。给她把名字取坏了,现在懂点儿事,老说想爸爸,哭闹起来拉直了嗓门喊:我要爸爸!声气又尖又脆……但平平电话里的这些话,现在清晰地在索远耳畔回响。万万没想到,什么预兆也没有,但平平找到上海来了,找到落漕浜河边的浜头村来了,她是怎么来的?郑村集上,只有正月间才会有"时代快车"服务,"一条龙"地把出外打工的人们往全国各地城市里送。现在这季节,这服务已没了,她怎么来得这样突然?来之前她为什么事先不透一点风声?是索想病了,还是她听到了啥风声,闯到上海来亲眼看个究竟?说她老实本分,说她文化程度不高,没读多少书,她不笨嘛,找得还真准,一摸就摸到他和麻丽的住处来了。她到底是贝村女人。

这太出人意料了,太突然了呀!

落漕浜的原住民和租房客都知道,他和麻丽是一对年轻夫妇,结婚三年多了,为攒钱出得起那笔购房的首付款,他们像上海那些时髦的"白领"一样,暂时不要孩子。只有他和麻丽心中明白,他俩是一对"临时夫妻",家外有家,他的妻子但平平带着宝贝女儿生活在山乡老家的郑村,和他的父母相依为命地守着郑村的几亩田土度日。麻丽的丈夫彭筑是个建房的包工头,上海的房产商往外地发展,彭筑一会儿去湖州,一会儿去贵州,干得很欢,钱赚得不少,这两年跑到宁夏的银川去了,说是那里一个大工程,得干几年,麻丽和他只是在过年回老家时,才团聚几天。他俩的儿子留在彭筑河南信阳的家乡,由爷爷奶奶抚养着,彭筑和麻丽分头给儿子那里汇钱。

索远和麻丽同在一个叫广惠的电器厂里干活,索远是车间里的领班,老板给他的定位是半脱产干部,但得负责分厂整条流水线上的质量。麻丽是流水线上的检测工,前头的剥线、打铆钉各道工序干完了,她得拿起代表正负极的两头插上检测仪瞅一下,合格的就放行,不合格的就丢一边筐里,活不重,比起家乡的农活来,轻巧得多了。可一天八小时,坐在板凳上尽干这活,一班干下来,也不轻松。好在麻丽聪明能干,心灵手巧,对付起这活儿来,并不觉费劲儿。当领班的索远,时常夸她,说经她检验过的产品,一百个放心,这川妹子脑袋瓜灵。

那天麻丽心情烦躁,她的手机上接到一条短信:麻丽,天天埋头赚钱,你没听到彭筑的花边新闻吗?多呢!

花边新闻?什么叫花边新闻?一看到这四个字,麻丽的头都大了,脑子里面一片糨糊,她马上联想到了另外的女人。她和彭筑聚少离多,一年中只在春节回信阳老家那十几天里,两人间才有男欢女爱的夫妻生活。因为有了彭飞,在外头打工拼搏的他们又都接受了现代观念,他们采取了避孕措施,也许是太注重避孕了,两人间的性生活并不像原先那么畅心欢意,只是如同饥渴的土地久旱逢甘霖一般,发泄满足一下而已。分开久了,麻丽心底深处有时也会发问,彭筑就不想吗?他耐得住吗?连她有时都有那股渴望呢!涌上来时,心猿意马的,难以抑制。特别是近两年,彭筑当上了包工头,呼风唤雨的,手下能招呼几十号人,有那么点财大气粗的征兆了。不是吗?春节在老家那几天,他也不闲着,预订信阳毛尖的春茶,一听得上千元一斤,接电话的麻丽转脸问他订几盒,他开口就订了一百盒,没点实力,没点底气,他会那么轻描淡写地就说要一百盒吗?就算是1000元一盒,一百盒都得整10万元哪!由这细节,麻丽想到彭筑赚的钱不会少了,亲热过后,她把话题绕到这上头,她以为自己讲得很自然,广惠电器做得全是外销产品,销路好,产品供不应求,投资3亿的新厂房建成之后,业绩直线上升,像她这样在车间一线干活的检验工,一个月都有三四千的收入呢,刨去吃用开销,每月寄点钱给彭飞,她一个月该有2000元可以存下来……她自以为讲得很策略,没想到彭筑一下把话头截住说:"2000元够啥呀,我这么辛苦,赚得比你多点,两个人能存的钱加起来,也赶不上房价的涨幅。"

"那我们什么时候赚够首付款呀?"麻丽故意问,这是他俩曾经憧憬过的。

彭筑双手一摊,做一个鬼脸,无可奈何地说:"我也说不准。"

麻丽却认为,他这是在故意隐瞒真实的收入状况。

这下好了,有人把话递到她手机上来了。花边新闻是个含蓄的说法,虽然麻丽也是头一次见到,但她敏感地联想到,这是有人在提醒她、点拨她、暗示她,彭筑在外头有"花头"了!上海话有时候很直白,很露骨,有时候却又很含蓄,"话外有话",在上海打工多年的川妹子麻丽,一下就明白,彭筑很可能有了"小三"。

其实从手机屏面上看到这句话,麻丽就心烦意乱、六神无主、浑身燥热了。她脑子里浮起千百个念头,一会儿是儿子彭飞的脸,一会儿是信阳光山乡下的公婆,一会儿是她的老家四川绵阳。嫁给了彭筑这个老公后,年年春节都往河南跑,她这个嫁出去的女儿,像被泼出四川的水珠一样,都有好几年没回偏远贫穷的老家去探望过父母了,可怜完的,彭飞这个小外孙,外公外婆只见过一面。心情烦躁不安,检测的速度慢下来,一忽儿工夫,流水线上她座位跟前的产品就叠起了一堆,她后面给检测过的产品包装的于美玉叫起来了:"麻丽麻丽,你魂灵不在身上啦?今天咋个一点儿都提不起劲?还不麻利点儿!"

更要命的是,就在这当儿,毫无预兆地,月月光顾的那个客人来了,她的胯下都感觉到了一阵潮湿,一阵温热,哎呀!难堪极了。

麻丽的脸色顿时一片惨白,她勉强转过脸,悄声对于美玉道:

"不好了,我的那个来了,我……"

说话间,她身上一阵疼痛,当即离开座位,从工具箱里掏出一块抹布,把已沾了潮意的板凳面擦了擦,涨红了脸对于美玉说:

"你给领班说一声……"

话音未落,她踉踉跄跄地朝卫生间里跑去,真是狼狈极了。她可很少有这种情况。

麻丽这天的表现早被不断地在流水线上巡视的索远看在眼里。望着麻丽的背影闪进卫生间,索远连忙走过来,指了指流水线上堵成一堆的未检验产品,问于美玉:"怎么回事?"

于美玉莞尔一笑,凑近索远耳畔,顺手拿过一张硬纸板,放在麻丽坐过的板凳面上,主动说:

"要不我来代她检测……"

索远伸手拦住了她,往板凳上一坐道:"还是我来吧。"

于美玉毫不掩饰地斜了一下眼,拉长声气道:"领班来代,当然好啰!我就晓得,远哥喜欢川妹子。"

"你这叫什么话?"索远头也不回地检测着产品说,"贵州苗姑娘哪天身体不适,我也替你代班。"

"你这话说了算数?"

"我啥时候说话不算数了?"

"怪不得老板喜欢你。"

"老板和你才是老乡!"

"老乡?他没升我当领班啊!半脱产,多安逸。"

……

两个人你一言我一语逗着嘴,麻丽从卫生间忙活了一阵回来了。看见索远在给她代班,而且把积压下来的活干得差不多了,她由衷地道出一句:

"多谢你,远哥!"

"你不舒服,回去躺一会儿吧。"索远抬起头来,望着她惨白的脸色道,"开饭时,让美玉给你送过去。"

这是一句普普通通的安慰话,麻丽听来,却感动得眼泪在眼眶里打转转。

中饭是索远给麻丽送过去的。苗姑娘于美玉在手机上和她老公吵架,她老公是浜头镇上的上海人,于美玉在厂里打工女中属于"上海媳妇"。不过在上海人的口中,习惯叫她"外来媳妇"。上班之前不知为啥又拌了嘴,上海老公恼羞成怒地呵斥她滚!她耿耿于怀地见到小姐妹就倾诉,上班干活时仍愤愤不平地抱怨丈夫:"叫我滚,他也不想想,我每月的收入,比他还超过一头呢!"

午饭时分,上海老公的电话打过来了,于美玉逮着了机会,喋喋不休地反击丈夫,连自己的饭都顾不上吃,哪里还记着给麻丽领午餐。索远领了两份饭,骑上助动车,赶紧给麻丽送过去。他心上牵挂这个女人。

麻丽没啥病,一来是例假来了,二来是收到了那条通风报信的短信,郁郁寡欢地歪在床上生闷气。到了午饭时分,她已经饿了。见索远送来热饭热菜热汤,陪着她一起吃,她的心里又是一阵温暖,一阵感动。身边有个嘘寒问暖的男人,就是不一样。她的眼神充满感激。

索远的动作快,三下五除二,就把他的那份饭菜吃完了。麻丽在舀汤喝的时候,索远在麻丽租住的那间小屋里外转了一圈,问:

"你这小屋,每月多少钱?"

"很便宜,才二百。旁边那个通道,安着个液化气罐,双休日啊,晚上啊,可以整点吃的。"

索远用挑剔的眼光盯着天花板上的水渍锈痕,问:

"下雨天漏吗?"

"什么都瞒不住你,漏,一下雨就遭殃了。"

"你把自己也整得太清苦了,这么间小屋,连个简易卫生间都没有。"

"我就是图个清静,一个人,无人来打扰。卫生间么……"说着话麻丽的声气有些哽咽。

"你这是何苦?"索远在麻丽的身旁坐下来,挨得她很近,麻丽不由得缩了缩肩膀,端起汤碗喝汤。喉咙里咕嘟咕嘟响,心怦怦跳。

"彭筑有消息吗?"

"没……"麻丽的嘴唇动了动,几乎是无声地答。不知为啥,她的嗓音好悲。

"连个电话也不通?"

"他说忙,没事通什么电话。"

"这就有点说不过去了。"索远这么说,是有依据的。有事没事,他每周总要给远在郑村的但平平打个电话,问问农事,问问女儿索想,问候一下父母双亲,怎么能说没事通什么电话?

麻丽解释般道:"给儿子彭飞,还有彭飞的爷爷奶奶,我还是主动打电话去的。"

"这我听说了,"索远像下了很大的决心似的,伸出手去,轻轻地搭上麻丽的肩膀。麻丽的体态匀称,五官端正,没想到肩膀上的骨骼这么明显,"搬到我那儿一起住吧,有卫生间。"

麻丽的肩膀如风中的树叶般颤抖着,索远的心思她是知道的,凭女人的直觉早知道了。索远瞅她的眼神,索远分配她干检测工的活儿,索远在流水线上大小事儿对她的照顾,她全心知肚明,她只是装作浑然不觉,装糊涂。她有老公和儿子,外人听来当上包工头的彭筑还是出息人,以后他赚多了钱,在上海买上一套房子,然后把彭飞接到上海来读书,他们这家人就是道道地地的新上海人,成功人士,这是像她这样来上海打工的无数小姐妹当年梦寐以求的事情,眼看着快要实现了,彭筑却变了心。晓得他心头打的是啥鬼主意,她是他老婆,她明知道他离不开女人,两人生活在一起时,每周一次他经常都不知足,一年到头野在外面的花花世界,他会像她这样洁身自好,守身如玉?骗鬼去!她曾经思忖过,眼不见为净,他在外头花天酒地也好,他在外头花钱玩女人也好,只要他不把女人公然带到上海来,只要他不跟她离婚,她就装下去,装作啥都不晓得。这么打肿了脸充胖子地硬装,其实同样难掩她的乏味、无趣,难掩她的空虚、寂寞、冷啊!尽管这样,索远明明白白地向她提出搬到一块住时,她仍然强忍着眼泪,摇着头道:

"不……"

"为啥?"索远不解了,说话的声气也提高了,搭在她肩膀上的手臂都加重了分量,"这落漕河两岸的浜头、浜湾、浜中村里,这附近的小区里,临时夫妻还少了吗?"

索远讲得再明白不过了。他只是要求和她当"临时夫妻",搭伙过日子,他不要求她和彭筑离婚。有朝一日,彭筑回来了,仍旧愿意夫妻团聚,他们还是一家子,还能把儿子从河南信阳的光山县接来,和和美美地做新上海人。麻丽是伶俐人,她不是不晓得,和她一样的姐妹中间,不少人组成了"临时夫妻",过得还很滋润。她见了她们,不也觉得蛮能理解的嘛,至少没在感情上鄙视她们。她们呢,男女二人生活在一处,大小事情有个照应,知寒问暖,平时感冒发烧,还有人及时地去买个药,陪着上个医院。天天柴米油盐酱醋茶,开门七件事,还能减少点儿日常开支,连房租,也可节约点儿。好处是明显的。

索远的呼吸粗了,麻丽能感觉他的急切,他的渴盼。她抬起头来,不觉暗中骇然,索远双目炯炯地瞪着她,目光像两道剑一般直刺她的心窝,他低沉地又是真挚地道:

"麻丽,我爱你!不是一朝一夕了。"

麻丽的眼泪夺眶而出,她啜泣着道:"你、你让我想想、想想,太突然了,太……"

她没把话说完,站起来跑进隔壁小屋。

索远收拾了碗筷,离开了麻丽租住的小屋,他答应让她充分地想想,想个透。

半个月之后,索远和麻丽搬到了一块居住。

索远惊喜地问麻丽:"你不怕人说三道四了?"

麻丽黝黑的像烧着一团野火般的双眼盯着索远,摇晃着一头乌发道:

"我怕哪个嚼舌?"

"比如……和你一块干活的苗姑娘于美玉。"

"她咋个会在背后说我?她嫁给上海人之前,同不止一个小伙耍过。"

"真的?"

"你不晓得女工们的事儿。打工的姑娘,都不止谈过一个小伙,哪有一谈就成的事儿?于美玉嫁人之前,都同别的男人睡过了……"

"是这样啊!"索远很吃惊。

"现在她老是同上海老公动不动就拌嘴吵架,和这也有关系。她哪里会说我呢!"

"那么,胖胖的雷巧女呢?"索远随口提及她们同一班组的另外一个姑娘,"她没嫁人,会不会大惊小怪?"

麻丽笑了:"你真的不懂姑娘间的事。雷巧女是未婚,可她早同人家住在一起了。不结婚,是时机不成熟。"

索远被麻丽的话震得一愣一怔的:"时机?"

"是啰!钱啊,房子啊,上海人说的各方面条件啊,都还欠火候。可是又天天在一起,男的女的,都有这需求。打工这群体,下班之后娱乐又少,闷愁啊!不如就先伙起住。"看见索远露出愕然的神情,麻丽干脆直通通地道,"雷巧女这已经不是第一个小伙子了。她晓得我们住一块儿,提都不会和人提。"

"为什么?"见麻丽说得如此肯定,索远忍不住问,"她就那么开放?"

麻丽耐心地道:"你想么,她一提,人家不就要问及她自己,她怎么答复?"

"原来是这样。"索远恍然大悟,"我真的不晓得女工们的这些秘密。"

"你不晓得的事情还多着哪!"麻丽说上了兴致,"在深圳打工时,女多男少,有的已婚婆娘,三四个人共一个男的,都发生过。"

"啊!"索远闻所未闻,眼睛瞪得老大,半天没回过神来。

麻丽看他吃惊的神色,郑重地道:"不过我是认真的。好长时间了,我看得出你对我的好,好些事,做得有情有义。我是经过深思熟虑,才做出和你共同生活的决定的。要不,我也不会拉你一起来租下这间屋了。你再看看!"

"那是。"索远点头承认,不由得又端详起来。这是20世纪90年代浜头村盖的农民别墅里的一间宽敞的屋子,月租金一千三,索远出八百,麻丽出五百,水电费另算,索远工资高些,说这笔钱就由他出。看得出麻丽是满意和知足的,每天下班以后,她尽心尽力地经营着临时夫妻间小两口的生活,她让自己煮的饭尽量适应索远的口味,她主动为索远洗每一件换下来的衣裳。索远明白,她这是在弥补房租上少拿出来的那点钱。索远是过得幸福的,他本来在房租上就要开支个千儿八百,现在并没有增加,相反,和麻丽共同租下了这间房,比原来那间屋还大,还舒适些,最主要的是,下班以后回到家里,他什么都不用干,麻丽这个川妹子,真是个勤快人,她把所有的家务活,都揽过去干了。他要争着干,麻丽还跟他开玩笑:"你是干部,待一边歇着去,你只要负责动动嘴、指挥指挥就可以了。"索远想要辩解,麻丽一噘嘴,瞪起眼说:"你不是干部吗?"

麻丽说的也是实情。索远在厂里,不是一条流水线上的领班,他可以说是老厂这边所有流水线的领班,手下管着一百多号人的生产,叫他分厂的副厂长,也不为过。老板给他开的工资也高,对工人们说起来,他时常是淡淡一笑,低调地道:"比你们当然高些,四五千吧。"实际上呢,五六千是常事。拿出三分之一的收入维持和麻丽临时夫妻的生活,他还可以存下三分之二的钱,而生活的质量明显地提高了。索远实在想不通,麻丽的丈夫彭筑,为什么要和麻丽分居两地,跑来跑去四处去挣钱?他认定彭筑的收入肯定比自己强,强一倍还不止,彭筑完全可以凭借他的本事和收入,守着麻丽这样的好老婆在上海过上体面的生活。可是他偏要挣大钱,宁愿和老婆过这种聚少离多的日子。作为男人,索远对此只有一种解释,彭筑在外头有女人,有上海人所说的"花头",或者说,他至少身旁不缺女人。

这也是索远敢于主动向麻丽表明心迹的原因。作为和乡下的老婆但平平分居久了的健康男人,索远太知道身旁没个女人的滋味了。他是没办法,老家郑村乡下,他有父亲母亲,有妻室女儿,一家四口人守着村里那点儿责任田过日子,职业学校毕业后跑到上海来打工,他省吃俭用节约点钱寄回去,家人在郑村可以过上比乡邻好一点的生活,而他呢,也比回乡去务农的同龄人过得好一点。初来上海时,他还充满了理想,他想存下一点钱,付清首付,慢慢还贷款,买下一套上海小家庭称之为两室一厅的住房。先把但平平接过来,以后再把父母接来,那时候城乡结合部的房子二十几万就能买下来,他觉得这个愿望还是能实现的。他拼命地学技术,拼命地干活,工资也在一点一点往上加,职位也在往上提。老板范总是实在人,他不看文凭,不看人的背景,就看你在厂里干活的态度。索远认准了这一点,干得更欢了。从一个小打工的,干到他现在这样每月有五六千收入的半脱产干部,他属于凤毛麟角,干得很不错的了。哪晓得,上海的房价涨幅,比他进步的速度大多了。他现在的这点儿收入,仍然交不出首付,仍然买不起两室一厅的一套房,十多年前二三十万的一套房,现在得二三百万了。想起这点,索远的牢骚不比一般的青工少。是的,老板待他不薄,可他呢,也把所有的一切,都献给了这家厂子。和身旁的男男女女青工们相比,他的自我感觉不错。不少进厂不久的打工男女,往往还把他作为心目中的榜样。但他想把老婆女儿父母接到上海来的愿望,却怎么也实现不了。再说了,人真是会变的,现在他对接他们来上海共同生活的愿望,也不像原来那么强烈了。特别是根据眼前的现实,退而求其次地与麻丽搭伙过上了临时夫妻的日子,他更不想把他们接来了。试想一下,老少四口人一下拥来上海,他这每月五六千的工资,全部搭进去,在上海也只能过上勉强解决温饱的日子,住得还不称心。不如像现在这样,多少能积攒下几个钱来。

索远知道一点麻丽丈夫彭筑的情况,同在广惠打工的小姐妹们会说一些,他和麻丽没做"临时夫妻"之前,麻丽也说过一点,不过仅此而已。他们搭伙过起了日子以后,双方就像有了默契,索远从不向麻丽打听彭筑的事儿,连旁敲侧击的话也没有。同样,麻丽也不向他打听但平平和女儿索想,只因为但平平的名字好记,索想的名字取得好,她仅知道她娘俩的名字而已。他们互不询问对方的家庭情况,两人往家里打电话,尽量避开对方,让对方可以尽情地和孩子拉拉家常,说些父女之间和母子之间思念的话。除了共同生活的那部分,索远从不过问麻丽其他的钱怎么花。同样,麻丽也不干涉索远的经济状况。同在一个厂里,收入情况多少是有点了解的,但他俩从不越雷池一步。

尤为重要的是,有了麻丽,索远获得了心理特别是生理上的慰藉和满足。这是他主动提出搬到一块儿住的最大的动力,也是他俩组成"临时夫妻"心照不宣的最重要的原因。他多少次凝目从远处望着脸庞俏丽、郁郁寡欢的麻丽时,从她眼神的偶尔一瞥中,读出了她的内心深处也是有这么一股欲望的。麻丽的眼神有点野。

事实也是这样,头一次住进这间租费昂贵的农民别墅里的房子那晚,麻丽在床上铺设的全是新的用品,枕头、垫褥、床单、被窝,全是崭新的。麻丽说是图个吉利。

索远故意问她:"铺的盖的,我们双方的都能用,你怎么都买了新的?"

"那些不用扔,以后慢慢可以换着用。"麻丽挺有主见地说,"第一晚睡在一起,还得用新的,吉利些。"

岂止吉利,索远觉得,他们组成临时夫妻的第一晚,他获得了从未有过的满足和欢悦,他相信麻丽也是这样。第二天清晨苏醒过来,她让他把耳朵贴在她心口上,倾听她狂跳不已的心跳,还在他的耳畔说:"我怎么觉得,又度过了一个新婚之夜,最好的新婚之夜。"

比新婚之夜还要幸福和狂喜。

这是索远的感受,只是他没说出口。他和贝村姑娘但平平的新婚之夜,对于性,还是懵里懵懂的、恍恍惚惚的。只是图一时痛快,发泄了就完事,甚至对于如何怀上索想的,他都说不出个所以然来。和麻丽在一起,已经是他到上海来打工多年之后,对于这件事的概念,对于这件事的认识,都和初婚时不一样了。关键的是,他和麻丽都是过来人,已然没有了初婚时的新奇、惶惑、羞涩、不安、疼痛,他们搬到同一屋檐下来,组成临时夫妻,某种程度上来说,就是双方在心理上和生理上想要获得慰藉和满足。如今下最大的决心同居了,他们当然要充分地享受这一难得的二人世界的欢悦。除了必须顾忌到的避孕,两人待在一起,他们都很放得开。打工多年,他们同样接受了许许多多的现代观念,只要有了那种欲望,他们会在熄灯以后,不约而同地脱个精光,一丝不挂地紧紧抱在一起,赤身裸体地相互感受着男女间诱人的气息,尽情地感悟着爱的欢喜,忘情地享受着性的狂喜。日复一日之中,索远不知不觉地对麻丽增添着感情,性的满足也使麻丽产生了对索远的依赖,这一点是索远能感受到的。他们之间有爱情。

有时候,麻丽会问索远:"要是彭筑不打声招呼就回来了,怎么办?"

索远答:"听其自然。"

"啥叫听其自然?"麻丽显然对索远的答复不满意。

索远想了想说:"他要不晓得我们之间的事,你就告诉他,和小姐妹们一起住在宿舍里。他总不见得撞到女宿舍去和你睡。"

"那他……在外头找了住处呢?"麻丽问,在她没和索远同居之前,有一两次彭筑突然回来了,就是住的旅馆。彭筑已经不习惯住简陋的工棚了,他要享受。

索远皱着眉头说:"那……那你就过去陪他呀!"

麻丽转过脸来,使劲地盯着索远的眼睛,继而悻悻地吐出一句:"你倒真大方嗳!"

"我有啥办法?"索远双手一摊,无可奈何地翻了翻眼皮说,"你是他老婆啊!"

麻丽无言以对。

这是他们的软肋,也是所有临时夫妻的软肋。双方都不想打破和另外"那一位"的关系,无论"那一位"是在农村留守,还是"那一位"在异地打工。毕竟有孩子了!孩子是原配夫妻间的纽带啊!也正因为此,双方互不干涉对方的经济,也成了一条不成文的规矩。往孩子生活的老家寄钱,寄多少,那都是各自的自由。

不过索远仍然从麻丽声音异样地说出的"你倒真大方啊!"听出了她的弦外之音,她的真切的感情的天平,是倾向他这一边的。

麻丽也曾问起过,要是但平平找来了,他们该如何应对。

那是唯一的一次,一个双休日的清晨,窗外有鸟儿在欢叫,天早已大亮了,苏醒过来的麻丽脸上泛着红晕,双手搂紧了索远的脖子,贴着他身子,悄声问:

"昨晚上好吗?"

"好,好尽兴的。"

麻丽蓬乱的头发往索远胸前一埋,轻笑着说了一句:"我也是,好欢的。索远,你发现没,自我们伴在一起,每一次都是很好的。"

"是的。"索远不由得搂紧了她,"起吧,说好的,我们今天去逛逛龙之梦。"

麻丽却不急,她仰起脸:"天真好。索远,你想过没,要是这当儿,就是这会儿,我们这样相亲相爱搂抱着,你那乡下的老婆……就是叫但平平的,找了来,我们怎么办?"

"不可能的事。"索远想也不想地说,"你就喜欢胡思乱想。她远在郑村乡下,要带索想,要干农活,要照顾我父母,哪里抽得出身来上海?跟你说,她活这一辈子,连县城也没去过几次。"

"我这不是说说嘛,"麻丽眨巴眨巴眼睛,沉吟着道,"不是说,这年头,天底下,什么事儿都可能发生的。"

"绝不可能的,你一百个放心!起来吧,时间不早了。"说着话,索远在麻丽光溜溜的背脊上轻拍了一掌,支身坐起来,先动手穿衣。

这番对话的细节,索远至今仍记得清清楚楚,麻丽脸上呈现的担忧神情,他还记忆犹新。万万没想到,麻丽胡思乱想的事儿,今天当真发生了!

怎么办?这会儿我该怎么办?

索远躺倒在床,茫然无措地瞪着眼,但平平是怎么到上海来的?她是一个人来的,还是带着女儿索想一起来的?她来了,父母双亲留在郑村,怎么打发日子?她走进浜头村,说出我的名字,打听我住在哪里,一忽儿工夫,就会重新到这儿来,走进这间屋,看见满屋都是女人用的东西,我该怎么答?她又会是什么表情?

恰在这时候,刚才曾被敲响过的门,这会儿又响了起来。

"嘭嘭嘭!嘭嘭嘭!"连续敲门声响过,门外又响起了但平平熟悉的嗓门:"索远,远哥,在家吗?开门,快开门啊!我是但平平。"

索远望着门板后颤动着的那件麻丽的花衬衫,心里想着,这扇门还是房东祝婶应他和麻丽的要求特意开的,没想到,这扇开在路边的门,让但平平一下子把他找到了。他连忙坐起身,如梦初醒般应着:

"来了来了,我来啦!你等等。"

二

是被麻丽推醒的缘故,还是他真的没有睡够,索远在但平平的敲门声中答应着去开门时,费劲地眨动着双眼,好像他刚醒来。

他扒拉门锁和插销的时候,手指都在颤抖。尽管有足够的思想准备,可当门被打开,一眼看到但平平和她身旁怯生生站着的丫头索想时,索远还是大吃了一惊,她俩怎么像陌生人?

但平平蓬头垢面,一双眼睛由于缺少睡眠眍进眼窝里,惊恐不安地瞪着索远。她穿的那件碎花衬衣很脏了,脏得几乎看不出颜色来,整个人神情疲惫,憔悴清瘦。探亲回郑村时看到的脸色红润的但平平,这会儿脸上毫无光泽,相反显得有点儿苍黑。她身边站着的索想,身上衣衫不整,肩上背着那只他买回家去送她的双肩书包,和她身上的脏衣裳一样,脏兮兮的,棱角处还抹上了一块污泥。还是索想的反应快,定睛看清了他,轻轻叫了一声:

"爸。"

"快进屋啊,傻站在门口干啥?"索想的轻唤提醒了索远,他赶紧朝着妻子和女儿招手,"进屋来啊!"

心里在忖度着,怪不得刚才骑着自行车过路的人,会对母女俩的问话这么冷漠,光看她俩的衣着打扮,人家会以为她娘俩是上海街头的叫花子。

但平平一步跨进屋,愣怔了片刻,一头扎进索远的怀里:"远哥,找你怎么这样难啊?"

索远从但平平身上嗅到一股隔夜的旅途气息,从她的衣服上、发际间、脸庞上弥散出一阵汗酸味、烟熏味、腐臭味,他双手扳住放声哭泣的但平平颤动的肩膀,劝慰道:

"不哭,郑村那边出什么事了?"

但平平"哇"一声,哭得更凶了,整个身子随之瘫软下去。索远赶紧抱住但平平,挪步往床头走。

"爸,屋头发大水了!"还是索想机灵,她跟着父母走近床边,对一头雾水的索远道,"我们家的房子都冲垮了!冲得不见影了,眨个眼的工夫!"

"啊!"这是索远万万想不到的,这么说,家乡是遭灾了。住在上海,年年的夏秋之交,都能看到电视上播出的暴雨成灾的消息。遭灾的省份,总有房屋倒塌,或多或少的老百姓屋毁人亡的画面,随后解放军驾驶冲锋舟抢险救灾的报道也会接二连三播出。无论是看到抢堵决口的堤岸,还是灾民安置点的画面,索远都觉得这一切离他现在的生活很远。绝没想到,他的故乡郑村,也会遭灾,好好地生活在山清水秀的家乡的妻女、父母,也能遇上洪涝灾害。索远心头一紧,双眼望着索想瘦巴巴的脸,问道:"爷爷奶奶呢?"

他这一问,哭声刚刚低弱下去的但平平又拍着双膝,号啕大哭起来:"远哥啊,我、我不孝啊!我没替你照顾好爹妈啊,呜呜呜……"

索想的眼泪也从脸颊上不住地淌下来:"爸,爷爷奶奶没来得及跑出屋,跟着房子被冲走了……"

索想边说边用手背抹着眼泪,几天没洗脸了,她这一抹,把一张脸抹出了几道有深有浅的污痕。

索远扶着哭得浑身颤抖的但平平,整个身子僵直地坐在床沿上,双眼瞪圆了,一句话都说不出口。

这才真正是应了一句古话:人在屋头住,祸从天上落。父母双亲,说没就没了!冲没了!

他能说啥呢?天灾人祸,落到了头上,不能忍受,也得忍啊!面对躲灾逃难来到他跟前的妻女,面对已被旅途折磨得又饥又累的两个亲人,他得先安顿下她俩来啊。

他没有劈头盖脸地连续追问父母的下落,从母女俩哭得这么惨的脸相,他寻思父母双亲必定是凶多吉少,他怕追问下去,她们又会伤心得哭号起来。当他询问的目光盯着但平平时,但平平只是一个劲地摇头、淌泪,双唇颤动着,说不出话来。

他哽咽着分别给母女俩倒了一杯凉开水,喝下一杯水去,但平平这才一字一顿告知索远,洪水冲过的三天之后,在三四十里外的河滩地上,发现了几十具遇难者的遗体,父母双亲的尸体也在其中。说是尸体,其实已被大水冲刷得不成人形,有的腐烂得生了蛆,有的被水泡肿胀得变了形,有的断了胳膊和腿,大多数人身上的衣裳全被冲没了,伤痕累累,不忍目睹。听说过后,但平平带着索想跟遇难家属们一起,连跑带颠地赶了过去。那是一幅怎样的悲惨景象啊,跑得满头大汗、浑身发软地来到河滩地旁时,透过泪眼望过去,热辣辣的大太阳底下,横七竖八地躺着一具一具有胖有瘦、有长有短的尸体。有的伤口裂开了,有的裸露着油亮的背脊,有的全身赤裸面朝青天,有的瞪着惊恐的双眼,有的脸上、身上糊满了稀泥巴,有的露出雪白的肚皮……在先前到达的乡、村干部的招呼下,但平平和索想一脚低一脚高走去辨认父母的尸体时,索想不时发出"妈呀妈呀"的惊叫,但平平让她不要看,用手捂住眼睛。可当她自己一眼看到父母双亲的尸体时,只觉得太阳光直射双眼,金星乱闪,眼前一黑,眩晕过去了,吓得索想扑倒在妈妈身上大喊大叫起来。

一阵悲恸直涌而来,索远的眼眶里,顿时噙满了泪。他想象得出当时的情景,存在心底深处对于妻女没及时告知他父母遭难的一丝埋怨,也释然了。他一手扶着女儿的肩膀,一手轻拍着但平平的背,说:"这不怪你们,这是飞来横祸,你们躲过了,就是不幸中的大幸……"

他让但平平和索想先进卫生间去沐浴,没带替换衣裳,先将就换一下孃孃索英放在这里的几件衣服。他呢,到外头去给她娘俩买点早饭来。浜头村每天上午都有早点摊。

给妻女调好煤气冷热水龙头,他抓了一把零钱,出门到浜头村的早餐摊点买吃的。

出得屋门,索远站在落漕浜边,深深地呼吸了一口清晨的新鲜空气,遂而从衣兜里摸出手机,给妹妹索英打电话。

听到父母遭灾而亡的消息,他第一个想到的,是得把这一不幸的消息告知索英。在想到索英的时候,他当即想到了,把在房间里麻丽留下的所有女人使用的物品,都说成是索英的,这是一个合理的解释。尽管维持不了多久,但至少眼前可以搪塞过去。用谎言搪塞一下。

故而他得抢在第一时间,和索英通上话。索英是晓得他和麻丽组成临时夫妻内情的。这些年里,她一直替索远瞒着真相,既不告诉嫂子但平平,又不透露给父母。毕竟,她能到上海来成功地当上钟点工,是索远把她带出来的。

手机铃声响了五六下,索英终于接电话了,她嘴里含着水果糖般说:"哥,你咋这么早来电话?我正刷牙呢,你能不能等我几分钟?我还要赶……"

"不能等。"索远用平静的但又是坚决的语气道,"事儿太重要了!"

大概是索远很少用这么严肃的语气跟索英通话,索英当即不吭声了。

索远尽可能放缓语气说的话不及讲完,索英就在手机上哭出声来:"怎么会这样?哥,爸妈怎么会……嗯,你要我怎么办?要不要赶回郑村去?还有你,这个……完全乱套了呀!我的头皮都发麻了。"

索远想象得出索英哭起来的模样,这消息对她来说太突然、太残酷了,幸好她买下了这么小套一室户的房子,有个自由的小天地,要不,和别的打工姐妹搭伙住在一起,她哭都不能痛痛快快地哭一场。这灾祸太大了!

索远说但平平和索想都刚来,只把事情说了个大概,他这会儿是出门来给她俩买早点,一切得等她们洗漱完了,吃饱了歇下来,他把详细情况问清楚了再打主意。索英现在必须冷静,不要太过伤心,眼下先可以按自己的工作安排去干活,他会随时和她通话。她要留神的是,到浜头村他租住的家里来时,得把所有属于麻丽的东西,说成是她的,然后装进包里,给麻丽拿过去。麻丽到哪儿去落脚,暂避一下,他都还不知道呢!等他把但平平和索想安顿下来之后,他设法和麻丽联系。等聚在一起时,他们兄妹再商量如何哀悼父母双亲。

"我知道了。"索英向来对哥的话言听计从,听完之后一口答应下来,"我接的活一家连着一家,确实也忙,抽不出时间。不过今天就是再忙,我也会过去看看嫂子和索想。哥,你的事儿不少呢,索想留在上海的话,当务之急第一件事,就是上学。"

索英的脑袋瓜就是灵,你看索远还没想到的事儿,她已经给他想到了。索想在郑村集小学刚上完二年级,转学的话,是直升三年级呢,还是复读一年?郑村集小学的教学质量,可是和上海不能比的呀!想到这儿,索远的眉头不自觉地皱了起来。烦心的事儿太多了。

浜头村早点摊上的小吃,也像上海城里的早点一样丰盛。索远排在赶着去打工上班的青年男女们身后,给妻子女儿选了几样她们在郑村乡下吃不到的包饼、豆奶、方糕、条头糕。要在平时,手脚麻利的麻丽,可不上小吃摊来买食品,她接受了上海人的观念,觉得这种马路小摊上的东西不卫生。天天,她比索远早起一点,会给索远下面条,或是她平时包好放在冰箱里的抄手,让索远吃得舒舒服服地去上班。但平平和索想一来,这样的福气索远是享不到了。这会儿,麻丽还不知在哪里对付一顿早餐呢。

飘散着香味的摊头边围了一圈人,小吃摊主正在给索远找零钱,手机响了,索远腾出手掏出手机一看,正是麻丽打来的。他把零钱往兜里一放,一手提着装进塑料袋里的早点,一手接电话。

麻丽不晓得他在买早点,开口就说:"你要说话不方便,你就听着,我已经吃了油条豆浆,到厂里去了。你来上班吗?"

"厂里事儿多,我要来的。可能会晚点。"

"来就好,来了再说。"麻丽话中有话,听她说话的语气,听不出她有啥情绪,"事情多呢!"

"你准备到哪儿住呢?"

"到了厂里,我想和于美玉商量,到她家挤一两天,她常说婆家住房宽敞。"

"难说。"索远不相信于美玉有本事带个打工的姐妹去婆家住,"我已经给索英打了电话,要不你去她那里挤几天。"

索远这么说,是想表示他心里想着麻丽,惦记着她,在为她着想。

"行啊!"麻丽的语气淡淡的,"对付一两个晚上,能使我有充足的时间租个房。"

索远想把情况给麻丽说一下,特别是父母意外地遭灾身亡,麻丽已把电话挂断了。

索远感觉到麻丽接受不了但平平和索想突然闯进他们临时夫妻家庭的现实,可家乡的这种飞来横祸,索远又怎么能想得到呢?本来嘛,临时夫妻就是临时搭伙过日子,他们之间没有婚姻约束,好聚好散。但平平和索想一来,他们就该散了,各过各的日子。

可是,要散,真这么好散吗?

索远的心头堵得慌,阳历的八月初就立秋了,上海的早晨还是那么热。沿着落漕浜走回家去,只不过一小截路,索远身上又冒汗了。开门进屋,但平平和索想已经洗完澡,头发湿漉漉地贴着头皮,换穿上的麻丽的衣裳,虽然都不合身,瘦巴巴的索想身上像套了一件袍裙,个儿中等的但平平呢,又嫌裤子长了一截,不过整个人的神情已经焕然一新,脸上的疲惫之态也一扫而光。但平平把换下来的脏衣裳浸泡在盆里,正在搓洗。

"不忙洗啊!你们都饿了,快吃早饭吧。"索远笑吟吟地举起手中买回的早点,"想想,来,你挑喜欢的吃。你也吃吧,这盆衣裳,让我放进洗衣机,一会儿工夫就洗出来了。"索远指了指卫生间,表示洗衣机就放在里面,洗起来很快的。

这台洗衣机,还是索远和麻丽组成临时夫妻之后,两人一道去挑选来的,看上去小巧,使用起来十分方便。

但平平照着索远的指点洗净了手,一家人坐在靠墙的桌子旁,就着新鲜的豆奶,围在一起有滋有味吃了顿团圆早餐。

看着母女俩情绪平静下来,索远问起了郑村遭灾的详情。但平平一边咀嚼着早点,一边说起她们母女俩这番到上海来的根根梢梢。

今年的夏季特别热,热得郑村人都觉得透不过气来。就在上星期索远打电话回去询问家里情况的第二天,一场大雨哗然而下。郑村人都欢天喜地,说下一场透雨,天就会稍微凉爽一点,田地里干透的庄稼也可以久旱逢甘霖,缓过劲儿来。哪晓得欢喜不知愁来到,大雨一下就不消停了,又是雷电又是暴雨,足足下了三天三夜,天地间混沌一片,山塘里满了,河沟里满了,连上游的水库都涨过了警戒线,郑村几百亩田地里汪满了水,老人们愁眉苦脸地哀叹:涝了涝了,龙起身来了!

没想到龙真的翻起身来,发了大脾气。

那天上午,下了整整三天三夜的大雨终于停了。但平平怕半坡上的豆子地里积涝成灾,趁着雨停上坡去排涝,懂事的索想硬要跟着妈妈一起上山,扛一把小锄头排除地里的积水。母女俩趁早上了山,半坡上四处水淋淋的,还凝着点儿冷雾,母女俩在稀湿疏松的豆子地里挖出了一条排水沟,看着蓄积了多日的水汩汩地淌出豆子地,淌过芝麻地,顺畅地淌下山去,母女俩抹一把汗抬起头来,只听"呼隆隆隆"一阵骇人的闷响,山洪暴发了。一大股洪水咆哮着,翻滚着,像条黄色的巨龙,掀动着阵阵白浪狠冲猛撞而来。一路之上,山坡地里的庄稼淹没了,树根被拔起了,郑村的民居一幢接一幢被撞翻、冲倒、滚塌,砖头、瓦片、木头和家里的桌椅、粮食、牲畜,悉数被席卷而去,待在屋头的老乡也都遭了灾。洪水波涛中还淌着时起时伏的猪、羊。

母女俩站在坡上,目瞪口呆地看着自家的房子和挨着几户的屋舍从眼前的波涛洪流中瞬间消失了,半晌,才哭天抢地地嘶喊起来……一切都在眨眼之间没了踪影,惨哪!

事后,县上说20分钟之前用广播喇叭和手机短信的形式,向村民们预报过郑村上游即将有山洪暴发,并且给各乡镇下了紧急通知。各级乡镇干部们说,收到紧急通知,他们也以多种形式向每个村庄发出了一分钟不能耽搁的紧急疏散的命令,要求沿途几个村庄,所有村民们一律向高处向安全地势转移。尽快地转移,十万火急!

可是村民们说,留守在村庄里的,不是妇女儿童,就是白发苍苍的老人。别说清晨时分他们还没打开广播,大多数人都没手机,即使有手机的,他们都还没习惯一早醒来就看短信通知哩。埋怨的情绪是明显的。

肆虐的洪水就这样吞噬了几十条人命。

灾害造成了。三天之后,大多数受害者的遗体已在沿河两岸分别找到,正是夏秋之际,天气又闷又热,腐烂的尸体已发出难闻的恶臭,不宜久留。在乡、村两级干部的关切和安排之下,从昏迷中苏醒过来的但平平央求乡、村干部无论如何要把二老遇难的情况打电话告诉远在上海打工的索远索英,让他们赶回来一起办理后事。可乡、村干部们说,等几十家人从天南海北赶回郑村,一个星期都到不齐,尸体反而都腐烂成啥了。救灾要紧,照顾好劫后余生的老少是当务之急,只要每一家人有代表在场的,赶紧处理后事吧!天太热,尸体腐烂形成瘟疫蔓延,就更糟了!谁也担不起这个责任!但平平只得带着索想把两老的遗体运回郑村,埋葬在郑村人世代祭祀的坟山上。她痛苦得都不想活下去了。遭受灾害的那些家庭,根据县上的指示,分别被安排在乡、镇、村里的临时安置点里,有的住会议室,有的住小礼堂,有的住帐篷,有的投亲靠友,喝矿泉水,吃方便面,大锅稀饭。乡、村两级干部来探望她们母女时,给了她们一笔慰问金,对她们说,冲毁了的房屋要重建,家里的财产损失要给补助,这些事儿他们都会放在心上,不会让他们吃亏。眼前,根据索远、索英两兄妹都在上海打工的情况,不如实际一点,先带着娃娃到上海去找索想她爹,安顿下来。原先,不就是因为郑村的两位老人故土难离需要照顾,但平平母女才不能跟着索远去的嘛。

想想也确实是这么回事。但平平问索想:"到上海找你爸去好吗?"

索想说:"好啊,我早想跟爸去上海了。爸上班的工厂我晓得,叫广惠电器厂,人多哩。"

乡里可认真了,专门派车驶出大山里的郑村,把她们母女俩送到县城,买好两张到上海南站的火车票,说火车到上海时,正好是清早,你们设法一路找到厂里去,索远一上班你们就能相见了。

火车到达上海南站,天刚蒙蒙亮。母女俩走出南站,同在车厢里的上海人早给她们出好了主意,出站叫一辆出租车,让出租车送她们去城乡结合部的广惠电器厂。

出租车开得真快,到厂里的时候,门房间说:"索远还没上班呢,他住浜头村,请司机送你们直接去他住处吧。"出租车开到浜头村,母女俩转来转去地找31号,找半天又转到开头敲过门的这家来了。

但平平嗔爱地一点索想的脑门,说:"幸得她记性好,说你住的地方是31号。"

索远有这记忆,和女儿通话时,女儿问过他,在哪家厂子打工,打工干什么?他住在哪里?索远说他租上海人的房子住,住在31号。没想到女儿小脑瓜子,把这一切全记牢了。

但平平斜了索远一眼,不无责备地问:"起先我在门口问人,敲门,你怎么没听见?"

"我可能正睡得熟。"索远搪塞道。见母女俩吃得很香很快,情绪稍见平稳下来,索远让她们吃完好好睡一觉,把睡眠补回来,到吃午饭的时候,他会从厂里把饭买回来。厂子里忙,他一会儿就得去上班。说话间,他把母女俩浸泡在盆里的衣裳放进洗衣机,启动洗衣程序,洗起衣裳来。

他操作洗衣机的时候,但平平和索想一起凑过头来看,索远指着洗衣机上的按钮,一面操作一面讲解,索想连声道:"真方便,真简单,以后我也会使用了。"

"那好,以后你就学着做点家务。"索远提拉了一下索想身上套着的麻丽过大的衣裳,情绪甚好地道,"午间休息时,我陪你们去浜头镇,先买几件替换衣裳。孃孃的衣裳套在你们身上,都不合身。"

说着他瞥了但平平一眼。幸好麻丽的身架子,和索英的差不多,但平平一下子察觉不出来。她只轻声问一句:

"索英常来吗?"

"常来,你看她的东西,丢在我这里满屋都是。"

"她不在你打工的厂子里做?"

"厂子里来打工的人多,竞争激烈。她在外头做钟点工。"索远把丑话说在前头。

"钟点工?"

"就是到人家里去,帮助人家清扫房屋,买菜做饭洗衣裳。"

"服侍人,还不如去厂子里打工。"

索远听得出但平平的心思,他不想让妻子去厂里干活,她进了厂,天天和麻丽见面,那才叫撞鬼哩。故而他话中有话地设着防:"进厂子打工,要考核,一道关一道关审核,索英嫌没自由。她干的钟点工,上海叫家政服务员,干得好,请她的人多,她一天到黑忙不过来,人家争着请她。每个月的收入,比在厂子里打工还多。"

"噢。"听说收入这么高,但平平哼了一声。

"爸,"索想提出问题来了,"马上要开学了,我到哪里去读书呢?"

"爸会想办法,你不要急,转学、入学都蛮费劲的,我先抓紧给你打听。"索远启动了洗衣机的甩干程序,洗衣机一阵骤响,把站在旁边的但平平和索想都吓了一跳。索远理解地一笑,指着洗衣机道:"一会儿,就把衣裳甩成半干的了,上海今天放晴,又有风,晾半天就干了。"

但平平指指洗衣机:"我帮你一起去晾晒吧,晒在哪里?"

"哦不。"索远阻拦着,他不想让同样租住在隔壁的房客和房东看见妻子女儿,他还没想好,怎么给这些人介绍自己的家人。平时,他和麻丽是以夫妻的名义出现在这些人面前的。现在,他的结发妻子和亲生女儿来了,他该怎么说呢?"天不算热,你和想想抓紧躺下休息,睡足了觉,我送午饭回来,我们一起出去买新衣裳。"

索远用关心的语气说着,还指了一下平时他和麻丽睡觉的双人大床。

索想打了一个哈欠,没精打采地说:"一晚上在火车里,我都困死了。"

索远又瞧着一脸倦容的但平平,说:"你也先歇一下吧。"

但平平回望了索远一眼,吃饱了,又来到了丈夫身边,中午饭不需要她操心准备,她的困劲也上来了。她点一下头,拉着索想,走向床边。

索远看着母女俩躺下,打开洗衣机盖,把甩干了的衣裳放进盆里,轻手轻脚打开门,绕过屋檐下的小路,走进农民别墅前的院子里。

正往院子的晾衣绳上搭晒衣裳,祝婶的声气在索远背后响起来:

"家里来客了,索领班。"

索远的手搭在晾衣绳上,停住不动了。他愣了一下,平静地道:"是啊,祝婶娘,没吵着你吧。"

"没、没,见了面你给我介绍介绍。"

"那是一定的。"

幸好祝婶没再搭讪下去,转身走开了。

索远的心却是一阵"怦怦怦"地乱跳,真是按下了葫芦浮起了瓢,哪壶不响提哪壶。满屋麻丽的衣裳和日常用品,可以说成是索英的,瞒过妻子女儿。面对农民别墅的近邻,尤其是精明的长舌妇祝婶娘,他怎么介绍但平平和索想呢?

索远顿感自己的脑袋一下子涨大了,仿佛脱光了身子,陡地一下被人推到光天化日之下,他的真实面貌,被人看了一个透。

他该怎么办?

三

索远走进车间的时候,流水线已在正常地运转,他克制着自己,不让自己的眼神直接扫向麻丽检验员的岗位。他的目光从剥线员那儿开始,慢悠悠地扫过来,焊接工、铆钉工、装配工,麻丽在岗位上,低着头,专注地拿着正负极插头,机械而细心地检测着成品的质量,没人看得出麻丽有啥异样。唯独索远觉得,麻丽的双肩收缩得比往常窄,头也比以往低得多,好像要把自己的脸,深深地埋到胸前去。

包装工于美玉不急不慢地把经麻丽检测过的成品套进塑料袋,丢给下一个工人装进纸盒。

索远走近于美玉身旁,于美玉抬头瞅他一眼:"领班,今天你来晚了。"

"是啊,有事耽搁了一下。"索远淡淡地道,他的眼角看到麻丽的肩膀抽动了一下。

"开工前大家都在传浜湾村前头的桂花苑小区发生的血案。"于美玉的下颌一抬,声气朗朗地道,"可惜你没听到。"

索远装出一副很愿意倾听的表情:"血案?你是说有人死了?"

"死了,死得好惨啊,领班。"于美玉轻巧地一捻塑料袋,把塑料袋的敞口扩大,遂而将经麻丽检测过的成品装进去,仰脸对索远绘声绘色地道,"活活地给扼死的,好漂亮的一个姑娘。听说死前还被凶手强奸了……"

"还有人说,不是死前强奸的。"后面一位给纸板箱打包的小伙插嘴道,"是奸尸。"

"妈呀!"于美玉一声怪叫,伸了伸舌头,"索领班你听听,现在这年头,啥怪事儿都有。都说这姑娘是富家女,亿万富翁的父母给她买了桂花苑小区六楼上精装修的房子,让她自个儿熟悉社会,经受锻炼,哪晓得全是编的。"

索远眨着眼兴味浓郁地问:"事实是怎么回事?"

"事实啊,说出来你都不相信,这天天开着轿车上下班的女孩,是个……"于美玉的一双眼睛瞪得老大,"你来之前我还在给麻丽说,是个高级陪酒女。仗着她一脸美貌,用速溶咖啡粉冒充巴西咖啡、哥伦比亚咖啡,用超市批发来的便宜红酒和洋酒,装进人头马XO、轩尼诗XO的瓶子,专骗那些被她妖娆的模样蒙哄得晕晕乎乎的男人。赚够了钱买住房、买轿车,冒充大款家的千金小姐。她干的这活儿接触的人多,现在公安正头痛,不晓得从何排查起。听说、听说……"

索远笑出声来:"你听说的事儿真多。"

"是多嘛,人就死在我家住的小区里。"于美玉不无自得地说,"出来进去,上楼下楼,老头老太,新上海人老上海人,门房间,维修工,棋牌室,居住在桂花苑的人都在说。那姑娘妖啊,平时就招惹人议论,这会儿还能不说?不过,这么大的事儿,今天有个人的兴趣却不大,我咋个对她说,她都没多大反应。"

"你说的是哪个呀?"索远猜到了她说的是谁,仍明知故问。

"还用问,"于美玉吊高了嗓门道,"川妹子麻丽呀。我猜,她是不是听到了啥花边新闻。"

索远在于美玉身旁待够了,他信步来到麻丽跟前,手在麻丽肩头轻轻一拍,问:

"于美玉猜得对不对啊?"

麻丽身子一缩,往边上让了一让,故意躲避索远似的,抬起头来,瞪了索远一眼:"啥花边新闻?怕是你脑壳上栽了花边新闻唷!"

"好冲啊,哈哈哈,索领班,"后面的于美玉"咯咯咯"清脆地笑了起来,"这回你领教了我们麻丽的麻辣劲了吧!"

索远讨了个没趣,摇摇头,装作遭受了抢白以后无趣的样子,背着手沿流水线走了过去,一边走,一边还得做出平时巡视车间的样子。麻丽的眼神,却深深地烙在他的心里。这是麻丽从未对他瞪过的眼神,幽怨、委屈、气愤、烦躁,各种情绪都在她那一瞪眼中显示出来,和清晨翻窗逃离卧室时的麻丽判若两人。索远记得太清楚了,翻窗到外头的时候,她情不自禁地吻了他一下,不无忧心地提醒他,满屋都是她的东西。那一刻,她还完全是站在他一边想事情、考虑问题的。而这会儿,她却明显地换了一个人,她觉得屈辱,觉得不解,觉得受到了伤害,觉得遭到了遗弃和排挤,觉得自己孤苦伶仃。索远从她的眼神中,完全读得懂她的心思。

可他……他又能怎么办呢?

但平平来了,女儿索想来了,她们是不速之客。可她们又是他的妻儿,完全可以光明正大地来找他,找到他之后在家里住下来。而他和麻丽,只不过是临时夫妻,是没办过结婚手续的临时夫妻。是有感情的夫妻,不过是临时的。没结婚证书不说,连个契约都没有。当时想得很好,不过是搭伙过日子,互不侵犯对方的家庭,互不干涉相互的经济利益,各自的家庭有需求时,以各自的家庭为重。

这会儿,事情真来了。但平平和索想出现在他们面前,该分手,该恢复到原来的状态,问题来了。

索远走出了车间,来到了院子里,眺望着高远的天空,惆怅而又忧心忡忡地皱紧了眉头。晾晒完妻女的衣裳,回到屋里,但平平和索想已在他和麻丽睡的双人大床上睡了。但平平熟睡中还发出了轻微的呼声,胸部和整个结实而苗条的身子随着呼声微起微伏着;索想的脑袋歪到一边,睡在枕边上,嘴角还淌着一溜口水,睡得好熟。真是一对单纯的郑村母女。

索远想象得出,郑村遭了灾,吃没好好的吃,睡又不能睡个安稳觉,还得连天地为寻找失踪的父母担惊受怕,找到了父母的遗体之后又得抢在大热天里落葬,她们奔波、忙碌、劳累得够了。到了他身边,到了丈夫和父亲身旁,她们自然而然安下心来,她们理所当然地该睡个安稳觉了。瞧她们睡得那副沉醉模样。

这也是她们的家啊!

索远凝视了妻女的睡态一阵,蹑手蹑脚关上屋门,把助动车推离开家门十几步远,这才发动了骑上去。

从浜头村到他上班的厂房,足有六七里路的样子,不远不近,骑助动车十几分钟就到了。当初选定这儿做他和麻丽临时夫妻的家,也是麻丽的主意。选近了,让厂里的打工男女们都晓得了,还不啊吼连天喧翻了。低调点儿,悄悄地租住在浜头村,即使时间久了让同事们察觉到点儿什么,也听不到闲言碎语。厂子里的打工族,绝大多数租住在离厂一里多路的浜中村。租住得好些的,就去桂花苑小区合租煤卫齐全的一室一厅一卫,或两室一厅一卫。来得晚点的打工族,租住在三里地附近的浜湾村。在浜头村里租房的,大多数则是在浜头镇上讨生活的打工族,他们有的当营业员,有的当服务员,有的贩蔬菜,有的摆小摊,有的像索英那样,早出晚归一家接一家排好了队当钟点工,五花八门,七方杂处,干什么的都有。索远和麻丽的临时夫妻生活,相对来说是平平静静的,无甚波澜。

索远的助动车骑到一半,停在路边,给索英拨打电话。思来想去,唯有自己的嫡亲妹子,能帮他这个忙,替他出面去和房东祝婶娘谈"斤两"。

电话拨通了,索英劈头就问:"嫂子和想想安顿下来了吗?"

"这会儿呼呼地睡得香呢。"

"你怎么办?哥,我替你想想,你的麻烦真不少哩!你还真沉得住气儿,这会儿才来电话。"

"这不是又来求你了嘛。"

"要我干啥?除了让我带个大包,把所有属于麻丽的衣物和生活用品,搜刮拢来说成是我的,你还要我干什么,快说。我可以一齐替你办了。"

"这事儿有点难度。"

"你说啊!"

"你得停下手中的活,赶紧到我的房东祝婶娘那里,替我设法封住她的嘴。要不,她知道了但平平是你嫂子,惊惊乍乍嚷嚷起来,我、我……我这脸面如何面对你嫂子和想想?"索远把一骑上助动车翻来覆去想好的这几句话,捂住了手机对索英说出了口。

索英的手机里没声气。

索远静等了片刻,眼睛望出去,河西滩那边的水蕹菜,漂浮在水面上,绿油油、亮汪汪的。

索英仍然没答复,索远忍不住了,催促般"喂"了一声。

"这个老太婆,嗯,"索英干咳了一声,"哥,你比我还清楚,不好说话呢。"

"我晓得。"索远承认,麻丽做他的临时妻子,和祝婶娘的关系搞得很紧张,麻丽总说老太婆"小气""抠门""小心眼儿""斤斤计较",两人经常为点儿鸡毛蒜皮的小事情拌嘴,闹不愉快。比如他俩刚住进去,祝婶娘就给麻丽约法三章,房租之外,水电费还得另外付钱。说定了每月的水电费价格,老太婆又规定,洗衣裳必须用院门口的井水,她振振有词地道,你们打工的脏衣服多,洗起来费水。麻丽买了一台洗衣机,她又说洗衣机更费水了,得加钱。节假日,他们的电视机多开一会儿,她又说那得费多少度电啊,还得加钱。为这些小事儿,麻丽和她闹得,见了面也很少搭讪。索远和她的关系稍好一些,没发生过正面冲突,照了面还露个笑脸,打个招呼。这会儿要是她知道了麻丽不是他正式的老婆,还不知会说出些什么来呢!索远沉吟了一阵,用商量的口吻对索英道:"你每次来,和她招呼起来蛮热络的,我想……"

"哎呀!哥你不知道,那是她听说我还没男朋友,"索英打断了他的话,愤然道,"要给我介绍上海人,给我用话岔开了。"

"那么……"索远犹豫着,不知该如何说下去。

索英提高了嗓音:"哥,再难,我也出面给你去试试看。"

"我晓得你有办法的,这些年,你接触的上海人多,能揣摩他们心理。"索远使劲夸着妹子,给她灌迷汤,"哥这回是真的坐在火山口子上了。"

索远嘴上这么说,心里也是这么认为的。索英这些年来真干得不错,她是打工保姆中的佼佼者,会骑助动车,懂营养搭配,懂育儿保健,会体贴老人。这几年里,她买下了房,还有上海人看中了她的聪明伶俐,要给她介绍对象,连精明的房东祝婶娘,也想给她牵线搭桥,介绍什么男朋友。索远心里清楚,别看妹子是个钟点工,她走东家进西家,接触的上海本地人多,心气也高。她给索远透露过,一般的上海小伙子,还没资格入她的眼里哩。她心目当中的男朋友,既要是道道地地的上海人,又要有品位、有追求、有一定的经济实力。用她的话来说,上半辈子吃了不少苦,下半辈子她不想再吃苦了。既然嫁人是姑娘的第二次投胎,她这一次绝不想投错胎了。言下之意,生在郑村乡下,那是投错了胎没奈何的事情。现在有机会让她做出选择,她得好好地利用这次机会。好在她也有选择的资本,她有房,有不错的收入,还有姣好的容貌。到上海几年了,一身上海年轻姑娘时尚的打扮,开口闭口,上海话讲得"刮拉松脆",走在马路上,没人会说她是"打工妹"、"钟点工"、"新上海人",只以为她生来就是上海人。就是不晓得这一次,她有没有办法封住房东祝婶娘的嘴,全得凭她的嘴上功夫了!

心里忐忑不安,牵肠挂肚的,做事效率也不高。几个车间巡视下来,转眼已是近午时分,厂里食堂开饭了。

这顿饭是厂里免费供应每一位上班职工的,菜肴荤素搭配,一荤一素一小荤,米饭和汤尽吃,不够随意添,但不许浪费,随便丢弃。职工有亲属、朋友来了,一客饭9元,很方便。这一规定等于向职工宣告,厂方免费供应的伙食标准,价值不菲。不少职工说,拿着九块钱到马路上的饮食店去吃饭,是吃不到这么配餐合理的饭菜的。

开饭不久索远就走进食堂了,他买了一份自己吃的饭菜,选择了一个可以环视整个食堂的座位,慢吞吞地吃着,不时地抬起头来,期待着麻丽的出现。平时,不论是他先到,还是麻丽先到,他们都会坐在一起,边吃饭边说些车间和班组里的事情。有时候,他俩还会故意挑选不同的荤素菜肴,麻丽选了红烧肉,他就选鱼;他选了卷心菜,麻丽就挑菠菜。这样,一顿饭他们就会比别人吃得更丰盛和有味一些。

今天索远细嚼慢咽,吃得比哪天都磨蹭,一拨一拨的工人走进来,一拨一拨的职工走出去,几个车间的职工按规定时间先后开饭,都有序地吃完了,索远仍没看见麻丽的影子。

供应饭菜的窗口前空下来了,索远去为妻儿买了两份饭菜。饭师傅问:

"是招待朋友,还是带回去吃?"

索远说带出去吃,饭师傅给了他两只一次性饭盒,汤碗,还有一只塑料袋,让他把饭、菜、汤全装在里面,提起来方便些。

将饭、菜、汤放进助动车的前兜,发动车子的时候,索远忍不住还把厂区院子扫视了一遍,看看麻丽会不会出现。他有点懊悔了,刚才见到于美玉来吃饭的时候,他该问她一声,麻丽来吃饭吗?那一阵,他只以为于美玉来了,和她一齐干活的麻丽准定不久也到了,哪晓得,麻丽就是没在食堂出现。

索远心头有点失落,麻丽不来吃饭,肯定是故意躲着,或者是跑进外头的小饭馆,不想见他,是对他有气,故意赌气向他示威。

他的眼前又一次掠过麻丽在车间里瞪他的幽怨的眼神。

助动车驶出厂区,往浜头村他租住的农民别墅驶去时,他开得很慢,他的眼前不断地闪过麻丽的身影。

索远怕自己走神,发生车翻人伤的事故。同时,一路上他不住地东张西望,指望能发现麻丽的身影。但是没有,哪儿都没麻丽的身影。

车子驶进浜头村,沿着落漕浜旁的小路,驶到祝婶娘家的屋门边,他停下车子,锁好助动车,提着饭菜,刚走到门口,门就开了,索想朝着他一声欢叫:

"爸,你买饭了吗?我饿了!"

见到女儿的笑脸,索远笑了,提高手中的塑料兜,对想想说:

"瞧,饭、菜、汤,都是热的,你和妈快吃吧。"

"你不吃吗?"但平平正在收拾床上的毛巾被,转脸朝他淡淡一笑。她的头发有些蓬乱。

索远说他在厂里已经吃了,俟她们娘俩吃完,就坐他的助动车,一起到浜头镇去,选购母女俩的衣裳和生活用品。

索想一听这话,就催促着喊起来:"妈,快点,吃完了我们就去逛大上海。"

厂里食堂的伙食,显然比郑村老家的饭菜质量高。母女俩吃得很香,加上索想一心惦着上街去,秋风扫落叶一般,索远买回的饭、菜、汤,两人只花了十几分钟,就吃了个精光。

上海的马路,助动车是不能带两个人的。不过,在城乡结合部,从浜头村到浜头镇,索远认识一条小路,穿村过巷,一路上都没有警察,让女儿和妻子,一前一后坐在他车子上,开到镇上去。

索远在上海骑助动车,从来都没带过两个人。这会儿想想坐在前头,不时仰起脸来和他说话;但平平坐在他身后,双手兜腰揽过来,自然而然地抱住他的腰。他有些不习惯地驾着车,全神贯注地留神着小马路上的动静。助动车在匀速行驶,他脑子里从来没像此时此刻一般,意识到他们是一家人,亲密无间的一家人,尤其是现在,原先生活在家乡郑村的父母双亲不幸在山洪暴发中离开了人世,他们仨更成了相依为命的一家人了。以后妹子索英嫁了人,他们这三口之家,就将在上海永远地久久长长地生活在一起。可他为啥仍然还牵挂着麻丽,心头时时感觉到她的存在呢?

助动车拐过一个弯,索远的眼睛望着前方,心头不由得一紧。前头不远处,迎面走过来一个警察!

真是糟透了,这边的小马路上,不是没警察的嘛。这会儿迎头碰上了,要躲已经来不及了。再停车让但平平和女儿下车,也无济于事,刚才车一拐过来,就被他看见了。

索远只得硬着头皮,双手紧抓着龙头,不急不慢地开过去。

离前面的警察只有十来步远了,索远习惯地堆起笑脸,准备警察让他停车,奇怪,这警察的脸转往路侧去,仿佛没有看见他们。索远再定睛一看,自己不由得乐了,迎面这人穿的制服,和警察很相像,却不是警察,不晓得他是工商局的还是税务局的。

一场虚惊!

惊出了索远一身冷汗。

他发动起车子,往前一阵疾跑。快到浜头镇了,小马路上的人流多起来。为防止意外,他让但平平和索想下车,自己推着助动车,和母女俩同行。

"爸,"想想边走挨近索远,"我们住的这地方,是上海吗?"

"是啊! 你下火车时,没听见车上报嘛,上海到了。"索远用逗女儿的语气道。

索想连连摇头:"一点都不像……"

"不像哪里?"索远奇怪了。

"不像我在电视上看到的上海。"索想蹙着眉,认真地把她的疑惑说了出来,"电视里的上海,多漂亮啊! 全是高楼大厦,特别是晚上,彩灯全开了,像水晶宫。"

索远安慰女儿:"没错。你住久了,爸会带你去看那些地方。那是上海的市中心,黄浦江两岸……"

"那我们这儿,是上海的哪里?"索想显然不解了。

索远心里说,想想的心目中,一定以为他同样住在水晶宫般的楼房里。他耐心地对女儿道:"我们住的这地方,叫城中村。"

索想伸了伸舌头:"怪不得看着有点像乡下呢。有小河,也有庄稼地。"

"这是城乡结合部的城中村,爸告诉你,这样的城中村,上海有几千个。"

"哇,这么多啊!"

"上海像爸、你和妈妈这样的外来人口多啊,人家叫我们新上海人,足有将近一千万呢! 这一千万人中的大多数,都住在城乡结合部。"索远对想想说话,特别有耐心,"你以为上海是啥?"

"好大好大的城市。"索想张开双臂,比画了一个大大的圆圈道。

"从一开始,上海就是座移民城市。700多年前,上海刚建县时,才30来万人。和我们家乡一个县的人差不多。一百十几年前的1900年,也不过100万人。"

"现在呢? 上海总共有多少人?"

"2000多万了!"

"哇噻!一半人住在城乡……结合部啊?"

"对啰!"见想想理解得这么快,索远心里一阵欣慰。他看得出,女儿这些年虽然住在郑村乡下,可她对于上海是很关注的,那都是因为她自小就晓得,父亲在上海打工。他对想想道:"你在电视里看到的那些水晶宫般的高楼大厦,都是国家级大公司、外国公司上班的地方,要不就是几百几千块住一晚上的高级宾馆。好些楼房里住的人家,房子也不宽。"

索想点着头,沉吟着。

和女儿说话时,索远的眼角始终扫视着但平平,妻子一边听着父女俩对话,一边东张西望地瞧着越来越热闹起来的马路上的人流。

前头就是乐购超市了,索远停好助动车,上了锁,手一指乐购的大门道:"我们去那儿。"

一进超市,看到偌大的一眼望不到边的商场和货架上色彩艳丽的商品,索想一拍巴掌叫起来:"好大唷!我们先去哪儿?"

索远取过一辆手推车,推着往前走,对但平平和女儿道:"你们喜欢啥,就拿啥,放在手推车上,出门时一块儿算钱。"

嘴上这么说,索远心里还是有主意的。一路往里走,他们要去的首个商柜,该是妇女专柜,让但平平和索想挑选几身时令的换洗衣裳,尽快把她俩身上穿的麻丽的衣服换下来,她们随身从郑村穿出来的土里土气的衣裳,无论如何是不能穿了。

索想几步抢过来,手搭在推车上说:"爸,我来推。"

"小心一点,"索远松了手,对女儿道,"慢慢推。看到啥喜欢吃的,你就取来放车上。好多东西,你没吃过哩。"

"那么多的东西,我都可以取吗?"索想指了指琳琅满目的货架。

"傻丫头,"但平平轻声呵斥道,"都取来,你吃得完吗?那得花去你爸多少钱啊!"

索想眨巴眨巴眼睛,征询地望着索远:"爸,我挑最喜欢的,对啵?"

索远朝想想微笑点头:"你挑,你尽管挑。"

"你就宠她,"但平平一噘嘴,表情丰富地朝索远斜了斜眼,"还以为是一年回一趟郑村啊,从今往后,天天和你在一起,你这么宠她,孩子都让你宠坏了。"

索远手一指空空的推车,道:"你以为想想不懂事啊!瞧,走过这么多货架了,她一样吃的都没拿呢。"

话音刚落,手机响了,索远连忙掏兜,但平平和索想不约而同转过脸盯着他。

索远一看手机,对娘俩说:"是索英打来的。索英啊,我正陪平平和想想在乐购超市,你什么时候来啊?"

"明白了,哥,你听着就行了。趁着午休时间,我赶到浜头村,找到祝婶娘了。"索英是何等伶俐之人,三言两语就挑索远最想知道的说。

索远尽量保持语气的平淡:"她怎么说?"

"祝婶娘是明白人,她一听我挑明了情况,就说她心中有数。可她也没爽快答应,只说、只说……"

"你照直说。"

"她说要和你当面讲,这老太婆,刁钻呢!"索英在手机上说着她的判断,"我估计,她是要对你提什么条件。"

"噢……"索远拖长语气忖度着:"平平和想想都在我身边,你先和她们打个招呼吧。"

索远把手机先递给想想:"来,小孃孃要和你说话。"

索想接过手机,开口亲亲热热叫了一声:"小孃孃……"

索远接过购物手推车,辨识了一下方向,往妇女商场那边走了几步。索想和平平先后同索英通话,肯定要谈到父母的突遭灾祸,谈到家里遇到的不幸。他恰好趁此机会,平静一下心绪,思索一下,祝婶娘察觉了他和麻丽之间临时夫妻的真相,会是个啥态度,会对他想要封她的嘴,开出啥条件来?还有,忙乱一阵过后,得把索英喊过来,一起祭拜悼念离开人世的父母,他们遭了难,远在上海的子孙儿女,仍是惦着他们的呀。

四

祝婶娘是浜头村当地人,说她老吧,她时常还忙碌着,田头屋里,农活和家务不离手。看到她鬓角的一绺白发,人们会讨好地说:"祝婶娘,年纪大了,你家不缺吃、不缺穿的,歇歇吧。"她马上会一鼓嘴说:"我年纪大啥?我也是新社会生的。"

据此,索远认定,祝婶娘的年龄,不会超过64足岁。建国64周年,还差一个来月呢。可是,说她年轻吧,她还真能讲出些陈年烂谷子般的往事,一般上海人都讲不出来。比如她说起浜头镇上的豆腐花,五元钱一碗,啧啧,现在卖得又贵又不好吃。她小时候啊,三分钱就可以盛上一大碗,配上一堆佐料,雪白的粉嫩的豆腐花,撒上黑玛瑙样的木耳、红红的辣椒、金黄色的小虾米、碧绿的葱花、芫荽,吃上一碗,舒服上半天。又比如她会说,通落漕浜的肇嘉浜,原来是一条河流,堵塞了八十多年,浜头村人要到上海去,好不方便呀。林则徐当上江苏巡抚,听到肇嘉浜、蒲汇塘几条河流都淤塞了,责令上海知县开河疏通,并且只准向官绅"募捐",不准向平民百姓摊派。老百姓听说了纷纷参加开浚,又把通向上海县城的蒲汇塘、肇嘉浜修通了。

听祝婶娘讲的这些事儿,外来打工族都不信,以为她在信口开河,故意问她:"祝婶娘,你讲得蒲汇塘、肇嘉浜,是现在的蒲汇塘路、肇嘉浜路吗?"

祝婶娘振振有词:"就是现在徐家汇附近的两条大马路啊!"

男女青年们都不信,以为她是牛头要对马嘴。谁知道,前不久浜头镇编撰镇志,编写人员根据祝婶娘说的话,去查找资料,果然查到了这段史料,写进了镇志里的"史事钩沉"。还说了,镇志正式出版以后,要请祝婶娘到浜头镇上去参加座谈会,送她一本新镇志,请她发言。

索远从来不认为祝婶娘是浜头村的农妇,也不把她看作是城中村里出租房屋的斤斤计较的上海人。他觉得祝婶娘不简单,你看她会讲浜头村的地方掌故、民间传说,闲下来还会唱落漕浜的民谣,比她年长七八岁的丈夫住在浜头镇上的楼房里,整天坐在茶馆店里消磨时光,难得回一趟浜头村,很少在农民别墅的房间里过夜。索远始终不晓得祝婶娘姓啥,叫什么名字,只知道她随祝老伯的姓。祝老伯的一儿一女都在市中心上班,有自己的家庭和住房,他们回来看望父母,也只是到浜头镇上的楼房里,从来不到农民别墅里来。儿女回来的日子,就是祝婶娘最忙碌的一天。她会一早就起床,到田头去采摘新鲜的带着露水的蔬菜瓜果,洗净了带到浜头镇上,又去镇上的小菜场选购猪肉、羊肉、鱼虾,嘴里念叨着,小孙子喜欢吃白切羊肉,外孙女喜欢吃虾,忙个一两天,才会回到大多数房子出租的农民别墅里来。祝婶娘的儿女回浜头镇来的日子,也是麻丽心情最好的时候,麻丽可以趁祝婶娘不在,尽情地洗刷,尽情地用自来水、电视机。洗衣机开得再晚,也没人来干预。索远总认为麻丽这也是妇人之见,麻丽就会噘着嘴说:"谁叫老太婆平时那么克扣我们。"

索远和麻丽租住的这幢农民别墅,听说也是当初祝婶娘力主要翻造的。原来这块老宅地基上是一幢砖木结构的农家屋,当地人称为"绞圈房子"的老宅,据称是最正宗的上海近郊老房子,是浜头村民谣中所唱的:三间房屋高大,屋里人口不多,吃陈米,堆陈柴……是祝婶娘存下了钱,学着浜头镇最先翻盖的农民别墅的模样,造出了这么一幢楼上楼下足有八九间房屋的出租房。对外宣称是别墅,每间出租屋单独开门,配齐了小厨房和卫生间,故而出租价格不菲,光这一幢农民别墅,每月房租收到万元之上。祝婶娘的收入,比拿着退休工资享清福的祝老伯,比两个在上海市区靠工资生活的儿女,都要高出一截。

了解这一切底细的索远,心底深处对祝婶娘的生活方式和生财之道,还是很佩服的。想想,在索远的老家郑村,哪怕在郑村集上,有祝婶娘这样的老人吗?和她年龄相仿的老人有的是,可他们有祝婶娘活得这么滋润、这么潇洒吗?

正因为对祝婶娘有这一番认识,索远把和她的当面接触,看得十分郑重,丝毫不敢怠慢和疏忽。

在乐购超市给妻女分别选了两套衣裳,又替索想买了几样她从未尝过的零食和糕点。回到浜头村的家中,母女俩进了屋就忙着试穿新衣裳,索远对她们说,家里增加了人,他得去对房东婶娘打一声招呼,然后赶到厂里去。

上午都巡视过了,车间里一切正常,没什么事儿。但是索远的心里仍惦记着车间,不是他责任心强,而是他牵挂着麻丽,午饭时麻丽没在食堂里出现,搅得他心里乱成了一团,她会跑哪里去呢?她在哪里吃的中饭呢?

心绪再乱,他仍得首先和祝婶娘见一面,牢牢地封住她的嘴。索远来到二楼祝婶娘的房门前,祝婶娘正在用菜刀切菜梗,见索远上楼来,祝婶娘先和他打招呼:

"索领班,听说你乡下的老婆、女儿寻上门来了。"

索远脸上顿时一阵燥热。以往,他和麻丽在祝婶娘跟前,堂而皇之以夫妻相称的。租房时,他们就是以夫妻名义和祝婶娘订的合同。

索远抱歉地笑着,声音压得低低的:"婶娘,你都听说了!"

"当然,你派出的'外交官',你妹子索英,已经先来给我打了招呼。"祝婶娘笑呵呵的,一点没有责怪索远的口吻,她扬了扬手中的菜刀,说,"你等一等,我马上完了。田里多了点菜,我腌点咸菜。"

索远故作惊讶地:"这年头,婶娘你还腌咸菜啊?"

"你们嫌咸菜是垃圾食品对不对?告诉你,我腌的咸菜远近闻名,我那老头子,住在上海市中心的儿子媳妇、女儿女婿,年年都要问我讨来吃。"祝婶娘一刀连一刀熟练地切着菜梗,自豪地说,"人人都说我腌的咸菜是白斩鸡……"

"白斩鸡?"索远叫了一声,探出头去望。

"当然啰!"祝婶娘用刀刃指了指菜梗,"我这咸菜腌出来,颜色是黄的,味道带一点酸,特别是菜心,都要抢来吃。不信,今年腌出来,盛一碗,你们都尝尝。"

"好啊。"索远装出一副大有兴趣的样子,"真好吃,让我老婆跟你学着做。"

祝婶娘切完最后一只菜梗,把菜刀在水盆中洗洗干净,又凑到水龙头前洗净了手,一边解下蓝印布的围腰,往自己身上轻轻地拍打了几下,仰起脸来,声气低低的,却是一脸庄重地望定了索远,问:

"哪个老婆跟我学?是麻丽,还是今天刚来的那个?"

索远一怔,尴尬地"嘿嘿嘿"干笑两声:"当然当然……"

祝婶娘没再理他,顾自摆摆手,走进了自己的卧室。

索远迟疑了片刻,随即跟了进去。房间比出租给索远和麻丽的屋子小一些,十六个平方米大小,收拾得十分干净。木板床边两只床头柜,挨着里墙一只大橱,大橱旁是一只五斗橱,五斗橱上面放了一只老上海人喜欢的三五牌闹钟,"嘀嗒嘀嗒"走得十分准时。靠近窗户一张方桌,桌边放了两把椅子。桌面上有热水瓶、茶杯、茶叶罐。面对着木板床的矮柜上,放着一台已被淘汰的大肚子电视机。

祝婶娘把敞开的窗户关得剩一条缝,在方桌边的椅子上坐下,指了指对面的椅子,说:

"你想喝茶,自己倒。这里是茶叶。"她说着把茶叶罐往索远跟前推了一把。

索远也不客气,更多的还是为了显示不见外,他打开茶叶罐,抓了一小撮茶叶,为自己斟了一杯茶。端起茶杯,吹了吹水面上的茶叶,索远斟酌着开口了:

"祝婶娘,我这是求你了……"

"快别这么说。"祝婶娘朝着索远扬起了一个巴掌,晃了晃,"你别看我年纪大,我也是新社会长大的,跟得上形势。别以为我孤陋寡闻,社会上的事情,我多少知道一些。我决不会大惊小怪,像你和麻丽这种临时夫妻,今年北京的人代会上,不是都有人讲到了嘛。上海的电视上还说,妇联公布的数字,往少里说,临时夫妻都有 10 万对。"

索远点头："真不少。"

"农民工的总量,在两亿五千万朝上,和这个数目相比,10 万只嫌少,长年分居两地,谁受得了啊!"祝婶娘两眼盯着索远的脸,诚恳地说,"索领班,别看我年纪大了,我也是过来人。那年头,老头子在市中心工厂里上班,我在浜头村当农民,还规定老头子,每星期休息,必须回到浜头村来。放心,我不会敲着锣鼓给你到处去宣传的。"

索远连忙表态："那我真是感激不尽了。婶娘,我和麻丽的事,我老婆但平平和女儿索想,一点儿都不知道。"

"你的意思我完全明白,怕原配老婆和你闹翻天,对不对啊?"

索远苦笑一下。

"老婆还是原配的好。索领班,你听我说一句,麻丽这女人,太精怪。她从一个川妹子,摇身一变成了上海的时髦女人,心气大得很,你想想,她是租我房子住的,还总跟我拌嘴、较劲呢!这么厉害的角色,你还是早点和她分手的好。"祝婶娘把对麻丽的不满,全倒了出来,"不过,麻丽走了,你原配老婆和女儿住了进来,两口子变成了三口之家,增加了一个大活人,这房租……"

祝婶娘说到后面,语气不知不觉拖长了。

索英提醒在先,索远有这个思想准备,他看着祝婶娘皱起的眉头,揽过话头来："婶娘的意思是要提高房租?"

"一千五,加二百块钱一个月,索领班,这对你不过是区区毛毛雨吧。"

"婶娘,"索远赔着笑脸,"你看看,房子还是这么一间,只不过是多了一个女孩……"

祝婶娘的身子往椅背上一靠："小姑娘也老大不小了。索英中午找到我,我告诉她,娘儿两个我都看见了,只不过闷声不响,不向外声张就是。索领班,我也不让你吃亏,不瞒你说,我这幢房子,上头还有个假三层,我一并给你住,让你女儿晚上睡到那里去。十岁上下的姑娘,和你们夫妇俩挤在一间屋里,你们也不方便。多一个床铺的位置,加你二百块钱,不过分的。怎么样,要不要现在就上假三层看看?"

"好。"索远答应着,喝一口茶,当即跟着祝婶娘走出房间,循着通向假三层的窄梯,登上楼去。楼梯窄,有点暗,祝婶娘随手开了灯。

假三层实际是个阁楼,只在中间位置能站直身子,其余地方只能弯下腰才得以勉强活动。不过,买一只单人床,让索想在这里过夜,还是挺实惠的。索远注意到,屋顶上开了一扇往外撑起的小窗,可以通风透气。上海人说的小乐惠。

祝婶娘轻轻一推小窗,说:"索领班你看,很灵便的。这是小老虎窗,造房子时我特意关照他们开的。"

索远还有什么话说呢,房租增加了二百,想想有了个睡处,祝婶娘也不算过分。如果她狮子大开口,故意敲诈,要求加四百五百,为了封住她的嘴,家庭里不闹个鸡飞狗跳、天翻地覆,他也只能答应啊。

"那就照你说的,一言为定。"索远在原地转一个身子,双眼望着祝婶娘的脸,把事情定下来,"下个月起,我就照着一千五的价格,付你的房租。"

"我晓得你索领班是个爽快人,"祝婶娘笑出了声,转个身子,带头往窄楼梯走去,"一千五实在是不贵的,要在市中心,你去打听打听,一小间房间,两三千、四五千的都有。"

索远想要反驳她,那是大上海的市中心呀,转念一想完全没那必要,只是跟在她身后,往楼下走去,嘴里还说:"婶娘你小心,慢点走,楼梯窄。"

"我走惯了,以后你女儿天天在上头睡,你倒是要关照她,走路要小心,睡觉关好门。"祝婶娘腿脚果然利落,率先下到了二层,转身对索远道,"要不,现在你就带我去和你老婆、女儿见个面,从今往后,要常打交道了呀!"

索远点头答应:"好的,婶娘,她们刚从乡下过来,以后你方方面面多指点。"

"你这叫啥话?"索远没料到祝婶娘当即呵斥他道,"啥叫乡下人?告诉你,

044

索领班,要在前些年,浜头村就是乡下,浜头村人都被上海人称作乡下人。是这几年,城区扩大了,大马路修到了郊区,这里才变成了城中村。我最看不惯那些动不动就喊我们乡下人的上海人了。"

索远没想到自己一句话,招来祝婶娘当场光火,连忙浮起笑脸道歉:"怪我,怪我,婶娘对不起。不过我老婆、女儿新来乍到,你一定多关心她们。"

"那是当然的。来,你走我前面。"祝婶娘的脸色这才缓和下来。

平时抬头不见低头见,虽然碰面也打个招呼,寒暄几句,但索远从未像今天挨得这么近地和祝婶娘打交道。这一阵离得很近,索远看得分明,祝婶娘说话带一点情绪时,下巴和太阳穴处的筋络,会一颤一抖地从皮肤上显示出来,而每当这时候,对话准定是说到了那关键的几句。

这让索远感觉到,祝婶娘是有一把年纪的老人了。世事沧桑,年纪大的人经历得多,祝婶娘能像今天这样对待他和麻丽之间的临时夫妻关系,对索远多少是有几分宽慰的。他怕的是,祝婶娘一旦明了了他和麻丽的真实关系,会像老家郑村的长舌妇们一样,喋喋不休地说一个够,口水都能淹死人。

推开租住屋的门,女儿索想正对着墙上的镜子拨弄她身上新衣裳的大纽扣,端详自己的模样,妻子但平平也在扯着新衬衣的下摆,疑惑下摆为啥是弧形的。索远指着祝婶娘给她俩介绍:"快来见一下,这是我们的房东祝婶娘。婶娘,这是我老婆但平平,女儿索想,想念的想。"

两人忙不迭地站到祝婶娘跟前,带点拘谨地招呼了一声。但平平跟着索远叫了一声婶娘,想想凭她自己的感觉,喊了一声:"奶奶好。"

"好,好啊!"祝婶娘笑呵呵地拍了一下想想的肩膀,"好名字啊,想想,取得像读书人的名字。从今往后,和当爸的住在一起,就不用想念了。瞧,穿上时髦的新衣裳,活脱一个上海小姑娘。住得时间长一点,脸色会变得白净、细嫩。上海这地方,说起来没啥好,空气污染度高,喝的自来水,漂白粉气味重。嗨,怪也怪在这里,天南海北的人来到上海,住上个几月,半年一年的,都会变得细皮嫩肉,尤其是小姑娘,会越变越漂亮。不要把眼睛瞪这么大呀,想想,是叫想想吧?不信你们几个月之后看,保证不会错。这一住下来,不再回去了吧?"

"不回去了,郑村遭了灾,想想的爷爷、奶奶连同住了一辈子的老房子,都让山洪……"但平平接着祝婶娘的话,只说了几句,眼圈一红,就说不下去了。

祝婶娘摆摆手:"真是作孽!想想她孃孃来的时候,都对我说了……"

但平平一怔:"索英来过啦?她咋不等等我们?"

祝婶娘惊觉到自己说漏了嘴,额上的青筋一闪,拉过但平平的手,亲昵地说:"她来时你们一家子恰好不在,说弯过来瞧一眼,又忙慌慌地赶到浜头镇去做钟点工了。走之前碰到我,只说了几句,她还会来看你这个嫂子的。"

祝婶娘脱口而出说漏了嘴,一旁的索远吃了一惊,幸好婶娘及时地把话圆了过来,他才暗自松了口气。这祝婶娘真是一个人物。

祝婶娘为缓和气氛,又转向索想:"想想,浜头镇的超市好玩吗?"

"好玩,人多,东西更多,"索想一点也不怯生,回答着祝婶娘的话,她把脸转过来望着索远,"爸,我还有个发现。"

"啥发现?"

"怪不得人家都愿意来上海,只要有钱,上海的大超市,啥都可以买回家,啥都有。"

索远没回女儿的话,祝婶娘拍着巴掌大笑着道:"想想的眼光好厉害,一句话说到底了。从今往后,你就在上海好好读书,长大了赚多多的钱,进了超市,想要啥就买啥。"

索远和但平平也跟着笑了。

手机响了,索远掏出来一看,来电显示是麻丽打来的,索远接通手机,连忙捂在耳朵上,手机里响起麻丽的声音:

"下午你到车间里来吗?"

索远连忙答:"要来要来,我这里安顿完,马上赶过来。"

听麻丽的语气,她是有什么话要对他说。他也想问她,午餐时分跑哪儿去了?晚上的住处落实了吗?他还想告诉她家乡遭灾和父母罹难的情况,说明但平平和女儿为什么会突然地到上海,以求她的谅解……可他什么都不能说,只能让她从他的答话中意会到,一切等他到了厂里再说。不晓得麻丽领会到他的意思了吗。

五

下午,离开家驾着助动车赶到厂里去的时候,索远的脑子里还堆了好几件必须要做的事:下班以后给女儿索想去买一张折叠式的钢丝床,顺便添置一套单人床的垫褥和薄被,好让想想在祝婶娘提供的假三层阁楼上有一个独享的空间;随后还得为想想的转学读书寻找可以接受她的学校,办好各种转学必须的手续,让她在上海新的学习环境中尽快适应下来。是啊,适应下来,但平平同样得有个适应过程,适应住在浜头村的生活,适应使用罐装煤气煮汤炒菜,然后给她找一个打工的岗位……事情真的多而琐细,琐细得一件一件都得亲力亲为,烦死了。

但是,随着助动车越来越驶近厂区,他最想见到的,还是麻丽。麻丽让他牵肠挂肚,麻丽让他放不下心来。细想想,见了麻丽,除了把一切情况告诉她,让她搬离浜头村,请她让位,请她承认目前的既存事实,他还能说啥呢?他既不能给麻丽时间,又不能给麻丽未来,更不能有任何的承诺。那他这么迫切地想要见到麻丽是为啥呢?

他回答不上来。

可他就是想见着她,和她说说话,毕竟他们夫妻一场,虽然是临时的,临时也割舍不下下啊!索远不得不承认这是一种感情,一种爱。

换班休息时,快言快语的苗姑娘于美玉朝着索远"呱啦呱啦"叫着:"索领班,快去关心关心你的林黛玉吧!"

只有索远心里知道,麻丽的性格和林黛玉风马牛不相及,可他知道于美玉说的就是麻丽。

"怎么啦?"他问。

"她有心事。"于美玉十分肯定地道,"你去看一眼就明白了,流水线上,她的岗位上一大堆待检产品。告诉你,平时麻丽就是以麻利著称的。今天检测得这么慢,连后头的装箱工都嘀咕了,还不是犯了心病。"

索远知道麻丽的心病是啥。他很想问问于美玉,麻丽是不是提出了要求,到美玉家暂住几天? 转而一想,这么问不妥,他才忍住了。他也没直接走进车间流水线旁边去找麻丽,离开厂子好一阵子,他得进办公室处理每天必须经手的业务,工作上的事不能耽误。还有,得抽空给索英打个电话,让她知道他和祝婶娘交谈的结果。

掐好时间,下班后他见到了最后走出车间的麻丽。麻丽的脸颊上有一道污痕。

"午饭时你去哪啦?"他开门见山地问,表示自己始终在关注着她。

她放缓了脚步,只是睁大眼,瞅了他一眼。索远看得分明,她的眼角上闪着泪光。

他紧接着追问一句:"你找于美玉商量了吗?"

麻丽摇摇头,轻声说:"午饭时我去看房子了。"

"定下了吗?"

"没……"

"是价格贵? 还是……"

麻丽连连摇头,摇得像个拨浪鼓,好像要把她满心的烦恼全都摇走:"不是价格,是房子太差,和你在祝婶娘的房间里待惯了。太差的房子我走不进去。"

"那你今晚住在啥地方?"

"你不是让我住索英那儿嘛。"麻丽赌气般说,"索英也来电话了,说在她那儿挤几天没关系,她会去我们的房间把我的衣裳全取来,让我去拿。"

这一切他都知道,和索英通话时,妹子给他说了。索远放心地点点头:"那好,你先在索英那里克服几天也好……"

麻丽冷笑一声:"是啊,有个好妹妹,替你把丑事、见不得人的事儿全遮盖得严严实实的,你就享受老婆女儿合家团团圆圆、欢欢乐乐的日子吧。享受得腻了,妹子那儿还有个备用的,替补队员,换换口味,是不是啊?"

"呃……"索远能讲啥呢?麻丽的语调中,全是刺,还有股浓浓的酸溜溜的滋味,她显然接受不了但平平和索想突然闯进他们相安无事的临时夫妻生活这一现实。这能怪他吗?他也没料到家乡会飞来横祸,他也没想到妻子女儿会鲜灵活生地出现在上海的打工生活中啊。他张了张嘴,想把父母亲遭逢不幸的情况说一说,以博得麻丽的一点同情。继而一想,还是不说为好,麻丽在火头上,说什么都不会有啥好结果。一切,都等她和索英住一块儿让妹妹慢慢告诉她吧。

临时夫妻,临时夫妻,待在一块儿的时间久了,临时夫妻之间变成了习惯,一年到头生活在同一个屋檐下的时间比原配夫妇还要长。人非草木,狂风暴雨一阵突然而至地吹打,就会枝残花落,好景不在。索远知道,内心倔强的麻丽是接受不了但平平不宣而至,她就得乖乖躲避这一严酷的现实。

他自家又能接受吗?

他要能坦然接受,也就不会那么强烈地想要见到麻丽了。午饭时分,麻丽只是从他眼前消失了一顿饭时间,他的心头就七上八下的,失了魂一般。

这是他以往来没想到的。瞅着麻丽一脸的愤然委屈,他忍气吞声地说:"彭筑到上海来时,我不也只能眼睁睁地瞅着你去陪他嘛!"

"她们准备住几天?"麻丽没顺着他的话头往下说,双眼灼灼放光地盯着索远,"都开学了,女儿跟着跑来上海,只怕是想长住下去吧。"

索远知道,这是麻丽最想了解的。他摆一下手说:"你去索英那儿,一切全都明白了……"

"索远,索远,你咋个不明白,一想到我和你睡的床上,今晚上你要和她……"麻丽的话没说完,手臂绝望地一甩,哽咽着强忍住眼泪,飞跑而去。

索远一招手,想叫住她,但喉咙里似堵着块石头,就是发不出声。喊住了她,她朝着他哭闹,他又能怎么办呢?他能对她说什么呢?他知道,麻丽一生气,语气里不知不觉地就会露出她川妹子的口音。从清晨到黄昏,她已经整整憋一天了呀。是的,他们组成临时夫妻共同租下祝婶娘农民别墅里这一间正房以后,双人床是麻丽去家具市场挑的,床上所有的用品,是麻丽做主在床上世界精心选的。认真往细处想,索远完全能理解麻丽此时此刻的心情。

夕阳西下,骑上助动车往浜头村家中去的路上,索远不觉有些茫然。车速不知不觉慢下来。

郑村遇到山洪暴发,父母亲不幸罹难,是一件悲惨的事情。草草料理完后事,妻子但平平和女儿索想没了后顾之忧,来到了他的身边,不曾经是他十分向往的事情嘛。

当初,没同麻丽组成临时夫妻,自个儿在上海打拼过日子,他向往的,他朝思暮想希冀的,不就是老婆但平平能到上海来,女儿索想能在教学质量远比郑村好的上海学校里读书嘛。只是因为父亲患有严重的关节炎,母亲有哮喘,两位老人不仅劳动力明显地比同年龄的农民差,刮风下雨、季节变化,还需要但平平在身旁照顾,她俩才来不了嘛。他呢,打工的收入一年比一年高,当上了厂里的总领班,人家私底下还喊他分厂厂长,钱赚多了,他首先想到的,就是每月给父母、给妻室女儿多寄点钱,从最初的每月二百,到三百、五百,到后来的八百、一千,但平平总说,每月去邮局取钱,是她最为风光,最得意洋洋的日子。邻居乡亲,方圆十几里地村庄上的农户,哪家不晓得郑村索家出了个孝子,哪家不晓得但平平嫁了个好丈夫。他们老少三代四口人,吃得比人家好,穿得比人家光鲜。郑村最先用电饭煲煮饭吃的,是他们索家,时常去郑村集上超市选购日用品和糕饼点心饮料的,是但平平和索想。发大水之前,乡里面给郑村农户推荐使用液化气罐,说用上了气罐灶,炒菜煮汤熬稀饭,都不消烧火了,经济实惠方便,还能更好地保护生态,绿化山岭,再也不需要上山去砍柴来生火了。但平平在电话上和索远一讲这事儿,索远说这是好事儿,别说乡里给补贴,不给补贴也要,索家是郑村第一个报上名的。不是山洪暴发,给郑村带来一场洪灾,他们在乡下生活得安逸而又自在。索远呢,也把每月给父母妻儿汇一千元钱,当成头等大事。父母亲说钱够用了,上海花销大,让他少寄点,留着自己用,他逢传统节日和两位老人的生日,偏多寄几百元。但平平也说钱寄多了花不完,放家里还不安全,不如存在上海银行吧,上海的银行大,保险,索远反而寄得更准时,一天也不落。他是把给郑村老家汇钱,作为取得心理上的平衡慰藉来做的事。家里人愈是说钱够了,他愈是寄得准时,愈是尽可能多寄一点。同样,他也完全理解麻丽给在婆家生活的儿子彭飞寄钱的举动。

  他满以为这种两头生活得相安无事、两不干扰的日子会在小心翼翼地维护下无波无澜地延续下去。哪晓得,几乎没任何预兆,精心编织的临时夫妻这张网,眼看着被突然地挑开了。眼前虽然把他和麻丽的关系瞒住了,索远心头很清楚,这是暂时的。在浜头村,知道他和麻丽是一对小夫妻的,绝不止祝婶娘一个人,同样租住祝婶娘房子的打工男女,其他房东,浜头村上的农民,都晓得他和麻丽住在一起快三年了。就像今天清晨一样,一觉睡醒,说不定哪个人一句话,就会泄露他和麻丽之间的真实关系,招来蒙在鼓里的但平平和他之间的一场八级地震,情感上的地震,索远不知如何应对的地震。

  他真的束手无策,茫然不知所措。

  从他和麻丽组成临时夫妻,他就没想过这事会被但平平晓得。就好像麻丽从一开始,把他们的关系瞒着身在远方的彭筑一样。

  他哪知道捅破这层纸是如此简单的事,他哪晓得揭开真相是像天要下雨般不可阻挡。现在他唯一能做的,只是被动地疲于应付,狼狈地应付,尴尬万分地应付,应付不了也得硬着头皮应付,四处去补漏洞。

他还能怎么办呢？

到家了，索远锁好助动车，开门进屋。熟悉的房间里有一股陌生的气氛，索想趴在饭桌上做作业，见他进门抬头说："爸，我看见人家背着书包放学回家。从大水冲了家，我好几天没进课堂了，啥时候能让我进上海的学堂？"

说完，索想眨巴着一对双眼皮十分明显的眼睛，盯住了索远。眼神里充满了期待。

人家都说，索想的这双眼睛，和索远十分相像。

索远对女儿道，他在厂里问过了，恐怕还得等几天。他得在厂里开出证明，证明他在上海就业多年；还要给郑村那里去电话，请他们把郑村乡下遭遇山洪暴发毁了家的情况也写个证明寄来，他才能到浜头镇的小学校去联系。

索想哭丧着脸，扭动着身子，懊恼地嘶喊起来："哎呀，那要等多久啊？我等不及了！"

但平平从隔壁的小厨房走进屋来，目光停留在索远脸上说：

"能不能和这里的学校说一下，告诉他们是遭了灾，先让想想去上课，证明手续我们补来。"

索远摇头："上海办事很正规的，手续不全，人家不会搭理我们。你不知道，有多少人想来上海读书啊！我们厂里有人说，就冲着孩子在上海读书这一点，一辈子打工都值！"

索想眼泪汪汪地跺着脚："我要闷死了，我要闷死了。"

"别急，"索远劝女儿，"吃了晚饭，我带你去买一只单人床，选一点床上用品。枕套、垫单的花色，你自己挑选。"

但平平的眼角朝双人床溜了一下。

索想扫视着整间屋子，问："买来小床放哪儿？"

索远故弄玄虚地逗着女儿："把你的床吊在半空中。"

索想惊讶地扬起两道弯眉："爸，真的？"

"那我们抓紧吃饭吧,吃完了还得跑一趟大超市呢!"但平平催促着父女俩,手一指小厨房,对索远道,"祝婶娘教我了,液化气罐炒菜,一学就会了。祝婶娘好热心,抓了一大把菜给我。"

麻丽是川妹子,炒菜多少要放一点花椒辣子,晚饭时分进屋,总有一股川香味,整间屋子弥漫得浓浓烈烈的。索远今天进屋时,觉得一股陌生的气息,其实是同麻辣不同的油烟味道,郑村家乡的味道。他甚至闻出了鸡蛋饺、粉皮白菜的淡香。

这个家,已经从原来和麻丽组成的"临时夫妻"两口之家,变成了和但平平、索想组成的正儿八经的三口之家,原配夫妇家庭。

晚饭吃得差不多的时候,一阵助动车的响声自远而近沿着落漕浜边驶来,索远听得出,这是索英来了。

果真,顷刻工夫,敲门声响,身穿白色短袖T恤,淡棕色中裤的索英神采焕发地走进屋来。索想欢叫着孃孃朝她扑去,亲昵地和她抱在一起,连声说:"孃孃,你好青春。好帅!"但平平喊她吃饭,说再去炒个菜,索英连忙阻止嫂子,说来之前已经陪着两位东家吃了,千万别再麻烦。但平平说:"妹子你人变成城里模样了,跟嫂子怎么也客气起来。"索英甩着一头浓密的齐耳短发,笑朗朗地叫道:"哥,你是知道的,我还真不是客气。"索远忙对但平平解释,索英每天傍晚,要带着菜到一对80岁朝上的老年夫妇家,给两位老人洗衣、煮饭、打扫卫生,陪同他们一起吃晚饭。两个老人都是知识分子,那男的还是高级知识分子,只是患了轻度的老年痴呆,时而清醒时而迷糊,女的呢,神智十分清醒,却又有半身不遂的病,腿脚不利索了,非要扶着墙才能走路。他们的子女都在海外,家里不缺钱,就是少个贴心的人照顾。之前找过八九个保姆呢,不是他们嫌保姆做事不上心,就是保姆反过来炒了他们鱿鱼,碰上了索英,他们对她十二万分的满意。索英呢,看着两位老人可怜,给的工资也高,尽心尽力、嘘寒问暖地照料他们,两位老人见着索英,就眯眼笑,甚至要认她当孙女儿。索英在他们家煮好一天的饭菜,把早饭、中饭分别给老人存放在冰箱里,服侍老太太洗漱完毕,才离开他们家。今天索英也是这样,吃过晚饭来的。对两位老人来说,吃顿晚饭才不算个事呢。他们多少次提出,就让索英住在他们家,工资还可以商量,索英没答应……

"有这种好事?"但平平听到这儿,也来了兴趣。

索英忙说:"嫂子你不知,上海的空巢老人多哪!有这种需求的家庭多着呢。"

由此索英又问:"嫂子你这一住下来,想不想打工?"

但平平说:"当然想啊!我闲在家里干啥?就是不知你哥的厂子要不要人?"

索英转脸望着索远。

索远听出但平平是在试探他,说:"厂子里的岗位,一个萝卜一个坑,早填满了。"

索英接过话头说:"那也没关系,上海打工的地方多呢。我替你留心着,给公家打工,当钟点工,哪怕是看大门、守车棚,都有活儿。"

但平平忙表示:"去人家里服侍人,我没你妹子那本事。我愿给公家打工。"

一旁的索想尖声道:"我妈也不去看大门、守车棚,那多贱啊!"

但平平一笑:"你看孩子都不愿我干这种活。"

索英说:"我明白,嫂子我会根据你的实际情况……"

但平平道:"我啥实际情况啊,文化程度不高,读不进书,有个实在活就行。"

索英说:"可以可以。嫂子,你是贝村女人,贤惠的好女人。这回郑村遭灾,家乡父母的事儿,全靠你了。我会替你找个实在活。"

一提公婆遇上的祸事,但平平眼圈又红了,声气一变,给索英讲起了山洪暴发的那天早晨。

索远见老婆和妹子说着说着啜泣开了,收拾起桌上的碗筷,到隔壁小屋洗刷。和麻丽一块过日子时,啥家务活儿麻丽都干,就是不愿洗碗。索远把每天洗碗的活都包了。天天洗,他还洗出了经验,碗洗净了,洗洁精的白沫也消失了。

冲洗碗筷时,他听见索英已在屋里收拾麻丽遗留家中的衣物、鞋袜和日用品。姑嫂间的对话还在一句没一句地进行。姑嫂间讲定了,过个几天,由但平平多煮几个菜,由索英把手机上拍来经常想念的父母照片,送去照相馆放大了,配上镜框,好好祭拜一下突然遇灾罹难的父母亲。说着说着,话锋一转,讲到敏感话题了,索远连忙侧耳细听。

"索英,你怎么把自个儿的东西,都放你哥这儿啊?"

索远明显地一怔,这不是在有意无意地盘问吗?索远支起耳朵倾听,把龙头也拧小了。

"哎呀,嫂子,你不知道,我住的小区不安全。"索英大惊小怪地说得十分逼真,"常有小偷入室盗窃。"

索远无声地一笑,亲妹子,总是帮他的。

"小偷连女人的衣物都要?"

"啥不要啊!嫂子,上海还有抱着娃娃偷东西的女人,在火车站、汽车站、南京路、淮海路,还有徐家汇、大柏树、中山公园门口那些大商场,都出现过抱着小娃娃偷东西的妇女。"索英说得绘声绘色,"说出来你不信,连小孩的尿布都偷。"

"妹子,我带着索想来了,你照样常来啊。"但平平说,"别把东西都拿走了,就不来看你嫂子了。"

"哪会啊!"索英把属于麻丽的衣物日用品,包括洗漱品,妇女用品,一股脑儿全都塞进她随身带来的一只大挎包里,看见但平平盯着大挎包鼓鼓囊囊的模样,她又自圆其说道,"浜头镇周围,有几家我做钟点工的,干完活有空闲,我就到哥这儿来待一会,有时还睡个午觉,打个瞌睡。你看,一次来丢点东西在这儿,时间长了,不知不觉就成了一大堆。"

但平平像想起了啥似的:"噢,院子里还有几件衣裳,一早我们到家时,穿过的。中午买来新衣裳,换下来我都洗了,晾在那里该干了吧。我去看看。"

说着但平平向外走去。

索远从小厨房走进屋,索英朝他努了一下嘴,做了个鬼脸。索想冲着索远道:"爸,你不是说要去买床吗……"

索英抢着答道:"就去,我和你们一块儿走。我怕家里的客人已经来了。"

说着,她朝索远挤了挤眼睛。索远明白了,她说的客人就是麻丽。想象着麻丽呆痴痴等在索英买下的那套一室户住宅楼道的情形,索远也急了,他对女儿说:

"等你妈收了衣裳进屋,我们这就走。"

但平平手里抱着几件麻丽的衣裳进了门,她对索英道:"上海的天气燥,你看,我下午洗的,这会儿都干了。"

索英接过嫂子手中的衣裳,随便折叠几下,一齐塞进了大挎包。抬起头来,她问但平平:

"哥和想想去买床,你去吗?你去的话,我的车也可以顺便带个人。"

但平平连连摇头:"午间去过了,让索远带着想想去吧。"

索想一蹦跳起来:"爸,我们走。我还要买个铅笔盒子,刚才我已经看中了,花色很好看的。"

索远、索英、索想坐上助动车,"突突"而去。

买回单人钢丝床,铺好索想自个儿选的垫褥、枕头,一家三口在假三层阁楼上。索想欢喜得啥似的,不停地在钢丝床上翻筋斗,撑起小小的老虎天窗,探出脑袋去,朝着浜头村的远近景色东张西望,还不停地催着他们:"爸、妈,你们下去吧,我会关紧门,撑起小窗通风的。我困了,想睡了,你们还不想睡吗?……"

这孩子,来到上海的第一个夜晚,她充满了新鲜感呢。兴奋得出奇。

见但平平连续瞅了他两眼,索远拍了一下床沿,对索想道:"那我们就下去了。你安心睡吧,浜头村的夜晚,还是很静的。"

真的很静,这一点索远深有体会。在老家郑村,夜里还时有狗叫,天亮了公鸡会啼。在浜头村，既无狗吠又没鸡啼，当他舒展四肢，终于熄灯躺倒在床上时，房间里一片安寂。躺在他身旁的但平平，每一声呼吸都清晰可闻。他捱了一下枕头，让自己的头颅枕得更舒服一些，手肘无意中触碰了妻子的肩膀，但平平一个翻身，整个身子扑了过来，把他紧紧地抱住了。

还是郑村家乡的习惯，一上床但平平就脱光了衣裳。她显得激动、急切、急迫，索远搂抱着妻子，明显地察觉但平平和麻丽的不同，平平的皮肤粗糙，动作干脆有力，就是贴到他脸上的吻，都是结结实实的，在她的唇上带着点口水，在她的身上带着股郑村的乡野气息。久别重逢，她的肌肤之间充溢着热腾腾的一团火，她贴紧了他，像母虎扑羊，恨不能把储积了大半年的思念和欲望全发泄出来。她一边迫不及待地接受着他，嘴里呼呼地喘息不停，一边狂放地把浑身的精力全使出来。索远屏住气息，默然蓄积着全身的力气，仍觉得维持的时间不长，有点力不从心。而饱满的胸脯不住地波动起伏的但平平，双臂像铁箍般缠住他，两条腿盘在他身子上，显出"食不果腹"之态。

当索远比但平平先平息下来时，但平平在他的肩头不轻不重地拍了一掌："你是咋啦？"

语调里显示出压抑不住的不满足。

索远吁了一口长气，把脑袋使劲仰靠在松软的枕头上，低声自语道："一大早起来，忙到这当儿，累了。"

但平平鼻腔里轻轻哼了一声，透着不信和不悦。索远又像解释又似寻找理由一般道："城里人，一般都把夫妻间这件事，放在双休日，歇够了再进行。"

以示和在郑村生活的不同。

但平平的双腿使劲一伸，不满地道："多少个双休日都在熬，难道你不是？"

语调里含着强烈的狐疑。

"你不晓得我在厂里所负的责任，"索远嘀咕着，"你以为，一个月几千块钱，是好赚的？"

但平平不吭气了,一个月几千块,是养活一大家子人的基础。在郑村辛劳一年,春种秋收,老少齐动手干活,也不一定赚得回几千块钱。可但平平本能地还是不高兴,那是索远感觉得到的,她用一个赌气的翻身动作,表示着她的气恼。

睁开眼睛瞅了瞅但平平堵在他面前厚实的背影,索远悄没声息地往外移了移身子。麻丽的身材要比但平平瘦削修长一些,她的皮肤细腻滑爽,每天洗得干干净净,抹了一点香水,她的身子始终香喷喷的。两个人做爱之前,总要轻轻地说些甜言蜜语,开几句无伤大雅的玩笑,麻丽甚至还会把她在车间里听来的荤段子、下流话,半真半假地告诉索远,讲得索远忍俊不禁笑出声来。直到两人的兴致都撩拨起来了,他们才亲热地倾尽全身之力做爱。都是过来人,在上海打工多年,接受了和乡村不同的观念,他俩每一次的性爱都协调、满足、尽兴,又加上自觉地避孕,思想上没啥负担,两人都有一种幸福感。

这也是他们的临时夫妻关系能够维持久远的原因。

不过今晚上和但平平的不尽如人意,索远心头清楚,那全是因为头天晚上,刚和麻丽有过性事。

六

索英给索远发来一条短信:哥,你的麻烦大了。

索远盯着手机的屏幕,心头一紧,这麻烦肯定和麻丽有关系。这几天,麻丽都住在索英那儿,两人的关系一直处得很好,平时又谈得来,同是打工女子,有共同的语言。麻丽有了心里话,首先倾诉的对象,必定是索英。

索远回了一条短信:你说具体点。

一会儿工夫,妹子的短信发来了:麻丽和我说几回了,她离不开你!她要下决心了……

索远的头顿时涨大了,眼神直直的,她要下什么决心呢?她不要自己的老公彭筑了？她不要儿子彭飞了？彭飞不是她的心头肉吗？她月月准时往公婆家乡信阳光山汇钱，不就是为了宝贝儿子嘛！要下决心，她早该下了呀！偏偏选在但平平和索想来到我身边了，她要下决心了？

不过，这些天里麻丽的举动是有些反常。索远巡视车间流水线时，有意和她搭讪，她对他的态度总是极度的冷淡，眼皮耷拉着，都不抬起来朝他望一眼。每天的午餐时间，她不是和于美玉她们一帮女工围坐在一块儿说笑吃喝，就是自个儿坐在角落里埋头吃饭，索远好不容易在大食堂里寻找到她，想坐到她身边去，和她说上几句话，只要他一往她那方向走过去，她就像屁股底下着了火，端起饭菜远远地避开，仿佛他是鬼一样可怕。她故意躲着他。

瞅她的模样，好似要同他一刀两断似的。

在索英面前，她又透露这样的心思，这叫个什么事儿？

女人啊女人，索远都捉摸不透了。麻丽的葫芦里，究竟装的是啥呢？她想卖什么药？

忖度半天，索远又给妹子发去一条询问的短信：据你看，她想怎么办？

她想缠着你，她觉得你比彭筑好！

看到索英及时回过来的这条短信，索远顿觉自己的肢体被人捆绑了几条绳索，头皮也随之抽紧了。自从但平平和索想来到浜头村，索远的神经始终处于高度的戒备状态，随时准备着对妻子和女儿撒谎，随时又要找一些话来为自己圆谎，目的就是向但平平和索想隐瞒他和麻丽的临时夫妻关系。几天来处处设防，处处赔小心，总算相安无事，没引出啥大的纰漏，没惹出麻烦来。

家中是太平了，麻丽的态度又搅得他心烦意乱。他既怕她断然地离自己而去，从此以后在他的生活中消失。她若真的似一阵风般消失了，他不知自己会惆怅多久，感情上受不受得了。又怕麻丽时不时地来纠缠他、招惹他、引诱他，给他制造一个又一个麻烦，弄得他心惊肉跳，最终还得把他和麻丽临时夫妻的关系，暴露在但平平和索想面前。

他既想推心置腹地和麻丽谈一次,又怕和麻丽单独相处时她对他眼泪鼻涕一起来,对他又哭又闹,弄得他下不来台。引来众人议论纷纷。

真正是左右为难,不知所以,焦头烂额。

女儿索想的读书问题,等着他去解决;但平平想打工,等着他寻找岗位;麻丽仍借住在索英家里,还不知她租到了房子没有?

思来想去,唯一能说上知心话的,就是妹子索英。和她能表露心迹,商量事情,坦陈心头的所有烦恼。要没有索英,索远真不知自己会狼狈到一副啥模样。

短信上你来我往,话说不透,索远到了厂里,抽个空,给索英打去一个电话。

索远道:"你的短信像叫我猜谜,麻丽到底想干什么?"

"我的话还不明白吗?哥,这三年你们天天生活在一起,睡在一张床上,睡出感情来了。"索英快言快语地道,"这几天她在我家里,晚上翻来覆去睡不着,连累了我都睡不好。我问她怎么了?她说她想你,这几年她惯了,睡在你身旁,她才睡得踏实、睡得香。你听听呀,哥,我打断她的唠叨,问她,彭筑怎么办?还有他们的儿子叫什么……"

"叫彭飞。"

"是啊!老公和儿子怎么办?"

"问得对。她怎么答?"

"她说有时候想想,老公和儿子远在天边,管不了那么多了。身边就一个你……"

"可我们当初……"

"当初是当初。哥,你们临时了三年,临时变成了常态,我都看得出,你们这对临时夫妇,夫唱妇随,蛮般配的。可你有嫂子,有索想。"索英停顿了片刻,接着道,"我怕你思想上没准备,以为她一离开,就万事大吉了。发条短信提醒你。"

"我以为你知道她想干什么呢。"索远自言自语着。

"麻丽想采取啥措施,我都不清楚。"索英道,"我替她想想,真要甩掉老公和儿子,一心一意贴住你,她也挺难的。不过我看得出,她是真心喜欢你。哥,你不简单哩……"

"你别开我的玩笑了,我都已经烦得神经绷紧了。"

索英讪笑一声:"都是想要过上更好的生活,进城打工惹的祸。哥,也有好消息。嫂子不是想打工嘛,现在浜头镇上有两个岗位,需要帮手……"

"你本事真大,一找就是两个。"

"一个是在莲香楼酒家当服务员或是洗碗工,一个是浜头镇老茶馆烧水泡茶。哥,你看嫂子去哪一家好?"

"你嫂子不愿意送菜倒酒服侍人,这你是知道的。她是贝村女人,有自尊。"索远皱了皱眉头,这两家馆子都在浜头镇上,是小有名气的酒楼和茶馆。莲香楼索远去过,卖的都是浜头镇当地的农家土菜,味道很好,厂里的打工族聚餐时,喜欢到那里去,价廉物美。茶馆的历史更悠久了,听说已有一百多年光景,连"文化大革命"中都没被取缔。索远仅是从门口走过,没进去坐过,只晓得天不亮茶馆就开张了,一顿早茶要喝到九十点钟。下午还有镇文化馆安排了专人说书,有时还邀人来唱评弹,表演江南丝竹,是个中老年人聚集的场所。给人添水倒茶,虽也是服侍人的活儿,但比当餐馆的服务员给人的感觉好多了。索远思忖着道:"难得你这么热心,要不,你陪嫂子先去茶馆店看看,那里干净些。"

"我心里也是这么想。"索远的话音刚落,索英就在电话那头说,"老茶馆就是上班早,像现在这种天,夏秋时节,一大早四点多就得摸黑起来烧开水,把暖壶灌满。然后就没多大事儿了,下午四点钟,书场散了,收拾一下桌椅板凳,把茶壶洗净,可以下班回家。嫂子还能为你煮好晚饭。茶馆里管早上和中午两顿饭。"

索远想象得出,这些活儿比起郑村的农活来,转巧得多了,但平平是能干好的。他说:"我听着好,你嫂子也干得下来。真该好好谢谢你呢,索英。"

"别忙着谢啊,还有好事呢!"索英提高了嗓门道,"想想转学的事儿,我也替她说好了。浜头镇上的小学,校长说了,灾区来的孩子,应该照顾。手续可以慢慢补来,让她先来上课。哥,你听听,上海这地方,办事效率就是高,人也爽快。"

索远心上的两块石头落了地,索英真给他帮了大忙,他感动地说:"索英,你有三头六臂啊!难于登天的事,你三下五除二,都帮我办好了。"

"告诉你,哥,"索英兴致甚高地说,"这就是当我这种钟点工的优势。给你透露个秘密吧,我干活的人家中,还有洋人呢!"

"洋人?"索远眨巴着眼睛,不能想象来自郑村的索英,还会跟洋人打交道,"你怎么跟洋人说话沟通?"

"这是会讲中国话的洋人,"索英哈哈笑着道,"他们还跟我学上海话呢。这样吧,吃过午饭,你带上嫂子和想想,我们一块儿上浜头镇的老茶馆,我把校长也约来,两件事都办了。这会儿,我得赶到下一个东家那里去了,要迟到了。哥,记住,吃了饭就在浜头镇老茶馆碰头,不见不散。"

索远想把两件事全推给妹子去办,看来是不成了。不过,碰一次头,能把两件大事一块儿办成,也唯有索英才能雷厉风行地促成。对,赶紧到各个车间巡查一遍,有事儿当场处理掉,腾出时间来,可以陪但平平和想想去老茶馆。

没走出自己的办公室,苗姑娘于美玉疾步走来,堵住了索远的门:"索领班,今天麻丽请假,让我和你说一声。还是你替她顶班吗?"

索远暗吃一惊,麻丽请假,应该直接对他来说,或者是打个电话,发条短信,她怎么托于美玉转话呢?

瞧着于美玉探究地盯着他,索远语气平静地道:"她要请假,我没听说啊!"

"我这不是代她给你来说嘛!"

"她给你打电话了?"

"噢,不是,她都进车间了,接了个电话,脸色一变,就说要请假。给你打电话,你手机一直打不进。"

看来是临时有事儿,那她一会儿可能发短信来的。索远沉吟着,以商量的语气道:"小于,今天我有事儿,不能顶班了……"

"那检测工的活儿谁顶?"于美玉的一双眼睛瞪得杏子那么圆大,打断了索远的话问。

索远知道于美玉觊觎麻丽的岗位,一前一后坐着,看似干同样的活儿,收入差300元呢!他斟酌着道:

"你看谁干合适?"

"我,我来干。"

"你干得下来吗?"

"准定能行。往常麻丽上个卫生间,临时跑开一会儿,都是我替她顶着,没出过差错。"

"行,那你就顶麻丽的班。"

"我的活儿呢?谁来干?"

"我会安排的,你先去吧。"

"谢谢,多承你,索领班。"说完,于美玉一阵风般离去了。她边小跑着边甩出一串笑声。

索远及时安排了小胖子雷巧女干于美玉包装的头道活,去车间里处理了拉线机绞丝的问题,又调整了一下生产进度,保证不误总厂那边的指标。眨个眼工夫,半天时间就过去了。

午饭后,他赶回浜头村,接上但平平和索想,到浜头镇老茶馆去"面试"。

听说想想读书有望,自己又能出去打工,但平平满心欢喜。一坐上索远的助动车,但平平的双手就从背后拦腰抱紧了索远。

索想坐在前头,昂起脸来问:"爸,小孃孃说了吗,明天我就能去上学了吗?"

"说了,让你去见校长,见了校长你得有礼貌。"索远含糊其辞地回答女儿迫切的询问。他知道,天天闷在家中,想想焦虑得小脸更瘦了。直到这会儿,他都不晓得,这么困难的事儿,索英是用啥办法把校长搞定的。"校长说声同意,你

063

就能很快上学校去。"

"校长要是不同意呢?"想想又犯愁了,声音也低弱下去。

索远笑了:"校长要不同意,就不会答应见面了。"

但平平把脸歪起贴在索远的背脊上,说:"妹子在上海干这几年,本事愈干愈大了。你犯难的事儿,她都能办成。"

索远感觉到妻子的脸贴在他的后背上,有一阵温暖传递过来。这两天,他们的性生活已经恢复了正常,但平平心头的愁云消散了,才会对他有这么亲昵的举止。真打上了工,一家人过上正常有序的生活,家庭内部,算是可以暂时平静下来了。

助动车开到浜头镇附近,索远让母女俩下车步行。

把车停在非机动车停放处,索远领着妻女,穿过一条狭窄的青石板小巷,来到了浜头镇老街。

节令已入秋,在上海,气候还是夏季,太阳一晒,老街上飘荡着一股难耐的烘热气息。逛街的游客都躲着一侧的阴凉处走。

索远在前,但平平紧随在他身后,想想落在最后头,汤店、糕点铺、面馆、酒楼、特色小商店、工艺品小商场、绣品铺面、古色古香的石桥、古桥下的小船、剪纸、皮影、抽纱……古镇上的一切吸引着索想,她的脚步越走越慢,索远和但平平几次站定下来等她,直到索远说:"想想,校长来了,见你迟到,他等不及就走了。"

想想这才放快脚步,边走边说:"爸,见过校长,你和妈先回去,我在镇上玩一会儿,可以吗?"

但平平断然地把手一劈说:"你一个人在镇上玩,找不到回家的路怎么办?"

"我认识的。"想想叫起来,"爸骑车过来时,我都看好了。从浜头村到镇上,就一条直路。"

索远心里明白,索想不会迷路,从浜头镇到浜头村,一条笔直的乡间道,一里多路,走过一回就不会忘记。

迎面飘来阵阵米酒的香气,索远的手往前头一指,笑道:"过了莲香楼酒店,就是香飘江南老茶馆。"

说着加快了脚步。他晓得,浜头镇周围的老乡,上饭店酒楼,就喜欢喝当地产的米酒,就好像绍兴人喜欢黄酒,崇明人喜欢老白酒一样。外面的世界里把茅台酒、五粮液、泸州老窖、洋酒吹得天花乱坠,浜头镇上的老百姓,还是只喝自产自销的米酒。午饭时分已过,莲香楼酒家里伴着阵阵酒香,仍然不断地传出时高时低的欢声笑语。

索远走在最前面,抬头望去,莲香楼二楼临街窗户边,掠过一张咪咪含笑的红脸膛,索远认得这张脸,特别是脸上的那双小眼睛,就是微笑着的时候,仍透着常人少见的精明。

他是麻丽的丈夫彭筑。

这么说彭筑回上海来了!联想到麻丽突然的请假,索远猜测麻丽是不是赶来见彭筑了?转念一想,似乎又不会,以往彭筑也有回上海的时候,他往往让麻丽到下榻的宾馆去,不会把麻丽约来酒楼见面。除非他是在酒楼上和人谈生意,但是,麻丽今天上午的请假,肯定和彭筑的归来有关。她莫不是到他住处去了?

索远忖度着,快走几步,又回过头来,仰脸朝彭筑对面的座位望去。

酒楼的窗户斜开着,挡住了索远的视线,看不见彭筑的对面坐的是什么人。索远上过二楼,知道莲香楼临窗的位置,都是特为散客安置的双人座,便于情侣或两个人相对而酌,商量事情。

索远歪了一下脑袋,想要换个角度看清和彭筑对坐交谈的是谁,书写着莲香楼三个隶书的店幡随风飘荡着,把他的视线全挡住了。

索远还想换个位置窥视,但平平走到他跟前,狐疑地问:"你怎么站停下来不走了,看什么?"

说着也转过脸,朝酒楼上张望。

索远知道自己失态了,忙说:"走过来时看到一个熟人的脸,我想看看是不是那人,打个招呼。"

说话间,手机响了。索远接电话,索英的声音显得又响又脆:"哥,你到了吗?章校长五分钟后就到,他已在停车场停车了,你们来迟了,不礼貌,这是我们求人家呀,哥。"

索远连忙赔不是:"我们到了,到了!已经在香飘江南大门口。"

"那好,"听得出索英松了一口气,"我在里面靠墙的方桌边,你们一进来就能看见。真正急煞人。"

索远向但平平和女儿连连招手:"来,我们快去,孃孃在里面等急了。"

一家三口快步走进香飘江南茶馆,沿老街的店面并不大,只放着四张方桌,门口有张高及人头顶的收银台,台后坐着一位三十出头的姑娘,样貌端秀。索远走过收银台时,姑娘叫起来了:"嗳,买票,你们是喝茶还是听书?"

"喝茶两块钱一个人,不过只能喝到两点钟。"姑娘指着她身旁墙上的一张价目表说,"听书五块钱一张票,可以听到书散场,不再收茶钱。"

"喝茶,我们只喝茶,一会儿工夫就完。"索远边说边掏钱,他扫了一眼价目表,两块钱一壶茶,是最便宜的,从清晨四点半,一直可以喝到午后两点。也有三块、五块、十块钱一壶茶的,那茶叶分别标明了是草青、毛峰、龙井,最贵的是二十块一壶茶,那就是名茶了,有碧螺春、黄山毛峰、安溪铁观音、普洱茶、大红袍、岩茶、安吉白茶、狮峰龙井、信阳毛尖什么的。索远刚把钱掏出来,索英的嗓音在店堂里清脆地响起来:"哥,茶钱我付了,你不要买,直接进来吧。茶姑娘,这是我哥一家子。"

"噢,是索英的哥啊,快进、进去。""茶姑娘"顿时显得十分热情,俏丽的脸上堆满了笑。

索远和但平平、索想走到索英跟前,随着她一转弯,嗬唷,里面好大啊!放满了四四方方的八仙桌,每张桌子旁放着四条长板凳,午饭时间刚过,午后两点的书场还没开张,每张八仙桌边都只疏疏落落地坐了两三个人,有张桌旁只有一个茶客,坐在那儿翻报纸,靠墙的方桌,还有几张没坐人。索想拉着索英的衣襟,忍不住好奇地发问:

"小孃孃,茶馆里卖茶那人叫茶姑娘?"

索英笑了:"不,她姓蔡,没结婚,我叫她蔡姑娘,上海话的蔡音,你听成了茶了,不过不要紧,你叫她茶姑娘也可以。她是驼背,脚还有点跷。"最后两句,索英压低了嗓门,悄悄说的。

索想听到最后,惊讶地伸了伸舌头。

索英带着他们仨,来到挨着墙壁的一张方桌边,指着索远对一个额头高高的小伙道:

"小师,这是我哥索远。"她又把但平平推到小师面前特意介绍着,"这是我嫂子但平平,名字很好记的。"

小师站了起来,先握一下索远的手,又把手向但平平伸过来,但平平不习惯握手,只把手往身后放,索英笑了一下:"我嫂子和侄女刚从受了洪涝灾害的乡下来。"

小师连忙说:"没关系没关系,我刚来上海读大学报到时,还要土呢!"

索英又指着小师给哥哥一家人介绍:"这是浜头镇上的宣教干事,师干事。"

索远带头说:"师干事,麻烦你了。"

但平平和索想也跟着叫师干事。

索英又说:"师干事是新上海人,大学毕业后,自己报考的公务员,没任何背景,凭成绩优秀考上的,很了不起的,现在已经是年轻干部了。这江南茶馆的事儿,就归他管。"

师干事让索英一说,脸也涨红了,他谦然地笑着道:"都是外乡来的,能照应的,我尽力帮忙。恰好,老茶馆多年负责烧水的阿奶病倒了,一病不起。镇上考虑新聘一位烧水工,索英听我一说,介绍了嫂子。来,嫂子。我们一起去看看。"

说着带头站起来,朝大堂外走去。

索远以为要进灶房,没想到师干事把他们带到天井里,指着屋檐下一只长方形的电水箱说:"每天老茶馆开张前,要把这一箱水烧开,保证老茶客们一大早进来,有开水泡茶。"

说着,师干事按了一下电水箱上的开关,"啪嗒"一声,水箱关上了,原先亮着的小红灯熄了。少顷,师干事又按一下,小红灯亮,电水箱又开了。开关旁还标有水的温度表。

"明白了吗?"师干事转脸,望着紧盯电水箱瞅的但平平问。

但平平点头,嘴角露出一丝笑纹,道:"我还以为要生火,把一大壶水烧开呢。"

"妈,这活儿我都会干。"索想喊起来,"你就接下这活儿吧。"

师干事望了索想一眼,也笑了:"阿奶都干得下来的事儿,嫂子准定能干好。活儿是不重,不过,天天赶早起床,天不亮就要烧开一大箱纯净水,还是很辛苦的。水烧开后,茶客来得不多,还得把所有的热水瓶灌满。"

师干事指着电水箱旁边放着的满满几十只红塑料壳热水瓶说:"天蒙蒙亮的时候,是茶馆店最忙碌的时候。老茶客们来齐了,他们会泡一壶茶,拎一只热水瓶到桌面上去。上海人讲究,喝水也讲新鲜,最要紧的,是下午四点来钟,书场散了,要把电水箱里的陈水全部放出来……"

"那不浪费吗?"但平平问。

师干事摇头:"不浪费,放出来的开水,洗茶壶、茶杯,消了毒,保证清洁卫生,茶客们喝来放心。你们听说过吗,开水不能反复烧来喝,老喝多次烧开的水,要出毛病的。"

索远听到过这种说法,索英接过话头对嫂子道:

"你就照着做就是了,嫂子,天天都要赶大早起床,你能行吗?"

068

"在郑村,农忙时节,不也要赶早干活。"但平平道,"能行,妹子,贝村女人啥都能干。"

"这可是一年到头,春夏秋冬天天的事儿,风雨落雪,还是很辛苦的,"师干事善解人意地说,"每周休息两天,每天从凌晨四点到下午四点,干一天算一天半,干一个月算一个半月工资……"

但平平插嘴问:"那两天里谁来烧水?"

师干事笑起来:"嫂子没干上活,已经有责任心了。那两天里我们找了一位退休的老校工,他就是浜头镇上人,家离老茶馆只有五分钟路。"

索英说:"我对老茶馆的经营情况是熟悉的,说是清晨四点到下午四点,忙碌的就是天亮前后那两三个小时和下午书场散了之后。其余时间,客人们喝茶、聊天、看报、听书,没啥事儿,尽可休息。"

师干事又向但平平招手:"你们跟我来。"

一家人跟着师干事,绕过茶馆大堂,步上木楼梯,推开一扇"吱呀"作响的门,原来这是大堂顶上的一个小阁楼,小阁楼里有张单人床,配有三抽桌、小椅子、木柜子,还有扇拉上帘子的小窗。师干事熟门熟路地拉开窗帘,老茶馆大堂里的情景一目了然,师干事道:"阿奶干活累了,就在这里休息。你接手干了这活,每天午饭后,茶馆最清静的时辰,也可以在这里休息。落雪天,下大雨,阿奶不愿回家时,也在这里过夜。"

索英介绍,老茶馆是浜头镇上一张展示古镇文化的名片,修缮后重新开张,政府购买服务,受到热烈欢迎。老茶客们风雨无阻地天天来到这里休闲品茗,看表演听说书,上海市区和外省市的游客们来到镇上,也会到这里感受一下水乡江南的氛围,所以由镇上的宣教科直接领导。干一个月拿一个半月工资,嫂子每月有2400元的收入。

听到有这么大一笔打工收入,但平平直截了当地问:"我哪天开始干活?"

师干事说:"哪天来干都行,这个月的工资照算。"

069

但平平说:"我明天就来。"

师干事说:"看得出嫂子朴实,是勤快人,但仍得办聘用手续。隔开一天,让索英陪你到镇政府来找我,带好身份证。茶水是每个客人喝的,嫂子还得去做个体检。"

索远赶紧表示:"这是应该的,我们把一切应聘手续办好了,就来镇上找你。"

回到老茶馆大堂,索英双眼辉亮,笑吟吟地叫了一声章校长,就迎了上去。

章校长是个四十来岁的中年人,斯斯文文地戴一副仿玳瑁眼镜,他一语道破了索远百思不得其解的谜底:"哈,这位就是想读书都想瘦了的索想吧,别说你爸妈都在上海打工,你们家乡还遭了灾,就凭你孃孃把我父母照顾得那么好,我也得答应你读书的要求啊!没问题,没问题,让你们老家把你的转学材料寄过来,我们就办正式的入学手续。"

索想愣怔了一下,怯怯地问:"明天我能上学吗?"

"怎么不能?"章校长哈哈地乐了,"我已经给你孃孃说了,先来插班上课,手续再慢慢补过来。"

索想一蹦跳起来,拍着巴掌道:"我能上学了,我能上学了!"

索英指着索想道:"你看她,就不晓得谢谢章校长。"

但平平一拍索想的肩:"快谢谢校长。"

索想眨巴眨巴眼睛,朝章校长深深地鞠了躬:"谢谢章校长,我会好好读书的。"

章校长白净瘦削的脸上浮现赞许之色:"来自农村的孩子,就是懂事儿。我也相信你能读得好,看看你孃孃,虽是钟点工,可她为他人着想,忠厚、诚恳、口碑好,好多家庭抢着要她呢!现在连我的父母,都离不开她。没有她帮助,我都腾不出工夫全身心地办好学校。"

这点索远是相信的。妹子索英除了脸貌明朗,好接近人,脾气好,就是时时刻刻设身处地为他人着想,在浜头镇周围的新村里深受欢迎。有一户老人家庭,索英只去干了一个月,就给她提出,把其他人家辞了,住到他家去,专门服侍两位老人,薪酬在她每月总收入的四千块之外,再加两千。只因为两位空巢老人的子女都是局、处两级干部,忙得顾不上照料父母,出差事宜多。他们不愁钱,光愁没个贴心人照顾。连镇上的家政服务中心见索英干得这么好,都请她去家政服务所讲体会,还动员她开班,把自己的切身经验传播给钟点工群体。

索远问她:"你愿办班吗?你愿去两个富裕的空巢老人家吗,那样单纯多了,不要赶来赶去的。一个月六千,比他当总领班强,还当得上海文化单位一位处级干部的收入呢!"

索英哈哈哈一阵乐,摇头说她既不盯着一户人家当全职保姆,也不去办班,腾出时间去讲点体会可以。索远问为啥?当人家老师不好吗?可以不干活了。索英说:"开班天天上课,那样盯死了,没自由。现在这样,一天干六七户人家,走家串户,接触的上海人多,方方面面见得世面也大,老干部家庭、外籍人士家庭、知识分子家庭、知名人士家庭、时尚白领家庭……哥,你在上海干得算好的了,你有我认识的人多吗?"

索英的话,让索远深深地体会到,上海这城市,其实太需要像索英这样贴心的家政服务人员了。索远忖度着,得把这点认识告诉但平平,让索英也给嫂子说说,传传经,好使但平平尽快地适应上海,融入浜头镇上香飘江南老茶馆的工作节奏。

看到自己忧心的两桩大事都在妹子的帮助下圆满地解决了,索远满心欢喜。和章校长道别,索英从茶馆八仙桌上拿起一只大大的环保袋,取出一只镜框,镜框里镶着逝去的父母双亲一张放大了的照片。索想一见,情不自禁叫了一声:"爷爷奶奶。"索远记得,这是去年春节回郑村过年时,索英用手机给父母拍的。索英指着镜框道:"我把爸妈的照片放大了,哪天我们一起,在浜头村拜祭一下,嫂子得麻烦你好好烧一桌菜。"

但平平接过照片,放进环保袋提着,夸赞道:"还是妹子想得周全。"

索远赞许地点头。一家人走出浜头镇时,索远连续多天绷紧的心弦总算轻松下来,走到停车场寻找助动车时,手机轻响了一下,来了一条短信。

索远掏出手机,避开露天强烈的光线,凝神一看,号码显示短信是麻丽发来的,只有一句话:

"我们的事被他察觉了!"

七

能通话吗?

我设法打给你。

什么时候?

看情况。

在浜头镇停车场看到麻丽发过来的那条短信,索远心头顿时毛了。这么说,在莲香楼窗户边看到的彭筑那张红膛膛的脸是确切的,他真回上海了,而且一回来,就约了麻丽见面,跟麻丽摊了牌,向麻丽表示了,他已经觉察了麻丽和自己的关系。多半是这么回事儿。事发突然,麻丽也慌了,偷空给自己发了条短信。问题是,彭筑察觉麻丽和自己的关系,到了一个啥程度?他已了解到他们的临时夫妻已有了三年,还是捕风捉影地听说了一些啥?或是纯粹在讹诈麻丽?

麻丽和索英住在一块儿,刚才见着索英,妹子一点都没提及麻丽有异常情况。要晓得彭筑和麻丽的事情,哪怕但平平和索想在场,索远相信,妹子都会有办法提醒自己的。这就是说,一切都发生在今天早晨上班之后,麻丽照常到厂里上班,突然接到彭筑的电话,约她在浜头镇上见面,很可能是在莲香楼见面,麻丽无暇请假,只能让于美玉告个假,匆匆赶去同彭筑相会。

一见面,彭筑向她摊了牌。她猝不及防,偷空给他发出一条短信。目前她还不能通话,说明她很可能还在与彭筑周旋。

多半是这么回事儿。

但这只是索远的连猜测带分析判断,真实的情形是什么,索远还不知道。

现在他真懊悔,刚才到香飘江南茶馆去时,没在莲香楼下驻足多待一会儿,把坐在彭筑对面的人看清楚。如果看清楚了,事情的真相更容易判断出来。

不过,从麻丽急慌慌地发过来这么条短信,想象得出麻丽的心情一定十分惶恐。

把但平平和女儿索想送回浜头村家中,索远匆匆赶往厂区的半路上,在人行道边的一片树荫里停下来,给索英打去一个问询电话。

"我不晓得呀,哥。"索英一听索远说的情况,快言快语地道,"你不知道吗?麻丽在浜中村找到了一小间房子,500块一个月租金,昨晚上搬过去住了。"

"是吗……"

"这情况你不知道吗?我还以为她跟你说了呢。她说老挤在我这儿妨碍我的生活,昨晚上我帮她一起搬东西,到她新租的房间去看了,还不错哩!有空你也可以去看看,上海人说的小乐惠。"

"原来是这样。"索远自言自语般说了一句。

"什么原来是这样,就是这样子。"索英一点不客气地在电话那头道,"哥,嫂子和想想来了,你们一家子团聚了,现在想想的入学、嫂子的打工问题,都解决了。你得设法处好和麻丽的关系,临时夫妻聚起来容易,散伙难啊!"

"谢谢!"索远含糊其辞地说了一句,挂断了手机。

这么说,连索英都不晓得彭筑来到上海的情况。这家伙是突然回来的。

迎面吹过来一阵风,送来阵阵桂花的香气。上海今年的夏天出奇地热,都说入秋后的桂花不会像往年那么香得馥郁,偶尔闻着,还是令索远觉得惬意。他仰起脸来,人行道的侧边有几株夹竹桃,没见着早开的银桂,那米粒般的桂花,隐匿在哪里呢?

骑着助动车赶到厂里,明知麻丽不可能在车间里干活,索远还是忍不住走到流水线旁去瞅瞅,指望奇迹能够出现,意外地见到麻丽。

没有。一进车间门他的心就往下沉,苗姑娘于美玉坐在麻丽的位置上,熟练地检测着产品,她身后的小胖子雷巧女,年轻轻的,胸部就鼓得老高,一眼看见索远走近,笑吟吟地露出两排雪白的牙齿道:

"索领班,你是来抽查我们的干活质量吧。"

"快来看快来看,看看我检测得怎么样。"于美玉指着经她检测过的一堆产品道,"索领班,我干得不比麻丽差哩。"

索远摆摆手,指了指她们前方的流水线,说:"我是来看看拉线和绞丝有没有问题。"

"没问题,"于美玉叫起来,"有问题我早跑来喊你了,还等你跑来?索领班,你听说我上次讲得小区里貌似富家千金,实际是陪酒女的凶杀案有线索的事了吗?"

索远站停下来,摇头道:"没听说。"

嗨,这个于美玉,她还以为自己同她一样,悠悠闲闲地只晓得打听街谈巷议呢。他自家的稀饭都吹不冷,哪里还有闲心打听啥社会新闻啊。不过,看于美玉兴致勃勃的样子,他又不便扫她的兴,只得耐下心来,听她细说。

于美玉脸上显出一副少见多怪的神情,眼睛瞪得老大,身子往索远这边倾斜一点,说:"听讲是小区保安干的。"

"被抓了吗?"索远问。

"抓到了还有人讲吗,就是没抓到。"于美玉声气抑扬顿挫地道,"两个保安,勾结在一起,骗开了陪酒女家的门,把她强奸了,还抢了她的钱。说是现金不多……"

"也有一万多哩!"于美玉身后的雷巧女插嘴道。

"卡上的钱多。"于美玉接着道,"两个狗东西把刀架在陪酒女脖子上,逼着她说出密码,一个去取款机上取钱,一个奸污陪酒女。拿到了钱,还把她给杀了。"

雷巧女又跟着说:"听说啊,一房间都是血,好惨的,好造孽!"

"两个龟儿子不会有好下场。"于美玉断然道,"公安到他们的家乡去了,家乡人说他们没回来过。"

"中国那么大,十几万块钱两个人一分,还不知他们逃到哪个旮旯里躲去了。"雷巧女仰起脸来,叹息了一声道,"赚了这么多钱,又有了房子,赶紧从良啊,嫁个好人家,那日子……唉,可惜了。"

"恶有恶报,做了坏事,终究是逃脱不了的。"

索远听完了,点了一下头,以过来人的语气道:"你们看着吧,要不了多久,就会传来两个坏蛋落网的消息。上海这地方的警察,神得很。"

于美玉道:"真抓回来了,审判时,我真想去看看。"

索远已经抬脚往前走了,听了这话,又站停下来,朝两个女子扫了一眼:"你们对杀了姑娘的凶犯,有啥看法?"

雷巧女抢着道:"索领班,听说那为首的保安有女朋友,都快租房子结婚了。"

"说他是个美男子,"于美玉补充道,"还同我们厂的女工谈过恋爱。"

怪不得,一个杀人犯会引得车间里议论纷纷。索远背着手,往车间门口走去。

外表看上去,他十分沉着镇定。内心深处,直到下班,他始终忐忑不安,始终在等待麻丽的消息。隔开一段时间,他情不自禁地掏出手机瞧瞧,看有没有来自麻丽的信息。没有。直到厂区里响起下班铃声,麻丽既没给他打来电话,也没发来短信。

索远心头翻江倒海,猜测的念头一个连一个,就是想不明白,麻丽怎会给他发条短信的机会都没有。

下班的人潮已经走出厂区大门,索远慢吞吞收拾着自己办公桌上的统计表格、报表,准备回浜头村去了。

恰在这时,手机响了,期待已久的手机响了。索远掏出手机,是麻丽打来的!他划动一下屏幕,轻轻"喂"了一声。

"下班了,你找点东西吃,到我这儿来吧。"麻丽的声音平和自然,听不出她有啥紧张、不安和焦虑。

索远忍不住发问:"你没事儿吧?"

"怎么会没事?烦得头都要炸开了!"麻丽没好气地道,"你快来吧!"

"你住哪儿?"

"浜中村22号,索英没给你讲吗?"

"她只说了你在浜中村租了间小屋,没讲号头。"索远道,"我这会儿来行吗?"

"怎么不行?"

索远迟疑地道:"彭筑没让你去他的住处?"以往,彭筑一回上海,就打电话给麻丽,让老婆去他住的旅馆或酒店过夫妻生活。

"还让我去呢,"麻丽的语气变得酸溜溜、阴丝丝的,"他连住哪儿都没跟我讲。不是短信告诉你,他察觉了嘛!"

索远紧接着问:"察觉到啥程度?"

"哎呀,你尽啰唆,像上海人说的饭泡粥,快来吧!让你快来,来了不就全明白了嘛。"麻丽不耐烦了,索远都能想象得出她不耐烦时的脸相。

"行,行!我尽快来。"索远答应着,揣上手机,离开办公室,到食堂里去吃晚饭。

自从索想和但平平来了之后,他已连续多天没在职工食堂吃晚饭了。下了班之后,都是直接回家,吃但平平在家中准备好的晚饭。一来终于和麻丽联系上了,二来即将和麻丽又能单独待在一间屋里,索远下意识地多点了两个菜,葱烤

黄鱼,干煎牛排,连食堂的大师傅都感觉到了,笑眯眯地道:

"老板给你发红包了吗,领班?"

索远不置可否地笑笑,端着满满一盘荤素搭配的饭菜,走向靠窗的一张餐桌。放下餐盘,他摸出手机,给房东祝婶打去一个电话,请她给但平平和女儿传个话,不回去吃晚饭了,老板让他到厂部去开会。

祝婶答应的同时,在电话上说:"老板夜里叫开会,不大有的事呀!索远,不是麻丽约你吧?"

索远一面连声否认,一面在心中暗自忖度,这个当年招女婿为夫入赘的坐家囡(上海近郊对招夫来娘家成亲共同生活的女子的称呼。俗称:招女婿)真是个厉害女人,凭直觉,她竟把真相猜着了。看来,以后得给但平平买一部手机了,想想不也已经提出来了吗?让她们母女俩也配一部手机。

祝婶的话,令他吃了一顿不爽的闷头饭。抹着嘴走出食堂,走向停放助动车的车棚,麻丽又来了一个电话:"出来了吗?"

看来她的心情同样十分迫切。他俩已经多天没在一起了。

索远轻声答应着:"出来了,出来了,一会儿就到。"

不是他敷衍麻丽,浜中村要比浜头村离厂子近,路也更好走,骑着助动车,不等天黑就到了。老婆和女儿来了,索远去见麻丽,心头还有点发虚。他怕厂子里也有青工租住在浜中村,那是很可能撞见他的。游走在两个女人之间,尽管没人当面点穿,他自个儿心头也难以圆说。终归不是光彩事。

可麻丽在催促,即便想拖时间,等到天黑下来,他仍然硬着头皮,还是往浜中村赶去。

浜中村也是个标准的城中村。和上海近郊的很多村庄一样,正在被不断拓展的上海城区所包围。浜头村、浜中村的外围,已经筑起了大马路,巨大的外环线,像一个铁箍似的,把这些都市里的村庄限定在城区范围内,随着进一步的开发浪潮,城中村的土地和农舍,逐渐地变为厂区、楼房和道路。二三十年来,上海城区不断地扩大,一个个富有传统水乡特色的村庄,变成了新的小区、别墅区和开发区,变成不同于老城区里的石库门、弄堂、洋房组成的新上海区域。而像浜中村、浜头村里的村民们,随着土地的逐渐变性,都已先后搬进了多层的楼房,他们也由原先的村民,变成了居民。而他们与乡村的唯一联系,就是留在村庄里的老宅,最为古老的绞圈房子,三上三下的农舍,不曾翻建过的平房,还有像祝婶家造起来的农民别墅,这些房子现在都出租给了拥进上海来的打工者,人们称呼他们农民工、新上海人、灰领、蓝领、打工妹。租金明显地比市中心、新型小区里煤卫齐全的套房便宜,对于户主们来说,房子空着也是闲置,多少赚点钱补贴家用。老实说这一点点租金是毛毛雨,他们等待的是村庄的整体开发和动迁,一旦到了那时候,他们的老宅和曾经居住过几代人的旧屋基,就能获得一笔巨款,少则三五百万,多得能达到上千万。这是眼下2013年的价值,再过几年,也许这笔数字还要巨大,还要骇人听闻。而对于租赁这些房子居住的男女来说,有钱就租住房条件好一些的屋子,钱少就租住价格便宜的简陋屋。他们也都是临时的,他们的目标是随着城市政策的进一步宽松,通过打工和奋斗,买下一套房子,进入新型的整洁、宽敞、绿化设施齐全的小区,成为一个名副其实的新上海人。像人们说的,让农民变成市民。这是一个演变过程,渐进的、艰辛的甚至于带着点儿痛苦煎熬般的演变过程。可以说,索远离这一步已经近在咫尺,再努力一下,他完全买得起一小套远点的城乡结合部的房子了。连他的妹子索英都能先下手为强,买下一套煤卫齐全的一室户入住,他会做不到吗?虽然他嘴上也和所有的打工者一般嚷嚷,上海的房价太高了,高得从早干到黑的打工者猴年马月都买不起,但他心中还是有自己的盘算的……

只是,只是,不等他的盘算落实,他的后院起火了,他的内心起火了,他的情感生活出了岔,他貌似平静的临时夫妻家庭,凸显出他从未设想过的矛盾和烦恼。他困惑,他迟疑,他茫然,他不知所措。面对临时妻子麻丽,面对麻丽丈夫彭筑的觉察,面对结发妻子但平平,面对亲生女儿索想,面对妹子索英,还有厂子里的职工、老板、下属,面对整个社会,他真的不晓得怎么办。

上海的夏秋之交,仍是夜短日长,吃过晚饭有一阵了,天色仍然亮堂堂的。索远的助动车开进浜中村,村道边的蔷薇,农家院里的月季花,村路间的元宝树、荣树,仍历历在目,辨得清形态。索远却无心细看。

正像麻丽在手机上对他说的,浜中村的22号很好找。除了门墙上一小块蓝底白字的牌子上清清楚楚写着"浜中村22号"之外,红漆剥落的门板上,也用粉笔浓浓地写着"22号"两个大字。

门没上锁,推开有条缝隙的门板,当头就是十几格水泥楼梯。城中村的业主们头脑就是精明,变着法儿把一间间上上下下的房子,改建成能独自进出的一户一户,便于出租。租金高的住大户,租金低廉的,就住鸽子笼一般的小户。麻丽这间屋的租金不高不低,该算是个中户。打工族群中的过来人索远,对城中村的租房情况,可算熟门熟路了。

他三步并作两步敏捷地上了楼,刚在门板上轻叩了两下,房门就打开了,穿着贴身小褂的麻丽站在屋内朝他招手。索远一步踏进门去,门被麻丽随手关上了,还清脆地落了锁。屋外天色明亮,屋内光线晦暗,索远的眼睛一时没适应过来,没待他看清房间里的陈设,麻丽已张开双臂扑了上来,紧紧地搂住了他,在他的脸上热辣辣地吻了几下,喘着气儿道:

"想死我了,索远,我都等你等得心焦了!"

说着又是朝着他的脸一阵狂吻。

索远的情绪顿时被麻丽的亲昵激发了起来,他也紧紧地搂住了麻丽,站在屋中央,和麻丽亲了一个长吻。

麻丽在他的怀抱里使劲地扭动着身子,让索远不用看就感觉得到她身上的曲线。她显然在期待着他的到来,发梢上掠来阵阵香波的气味,浑身上下散发着好闻的香水气息,伴着她的体香,索远稍一使劲,把她抱了起来。她当即把两条腿夹住了他的腰肢,温热的舌头突进了他的嘴里,索远的上下嘴唇紧紧地吻着她时,她的口里当即发出阵阵哼哼声,急切地呼唤着他。她的双手不住地摩挲着索远的头发,抚摸着索远的脸颊、额颅,还不住地扳住他脑壳,一下接一下扎扎实实地吻他。她夹住他的双腿也在一刻不停地扭动,似要更紧地贴着他,吸附住他。

索远哪里经受得住她的这一番情欲喷薄的进攻,情不自禁随着她的主导,倒在了床上,他们慌张地脱尽了身上的衣裳,赤身裸体地拥抱在一起。他的手刚一触及她柔软的胸脯,她一个翻身骑坐到他的身上,捧起自己的左边乳房,直往他脸前送过来,还轻轻地问他,怂恿他:

"你看看,大不大?给、给你,给你……"

索远亲了上去,她惊喜地轻叫一声,纷披的乌发全覆盖下来。两个人,当即如胶似漆般迷离恍惚地滚成了一团,像野火燃烧,像小船儿在轻涛细浪的水上摇……

疾风骤雨般的情浪平息下来的时候,麻丽的两条修长的腿仍心有不甘地盘缠着索远,把索远的手臂移过来,让他的巴掌抚摸她的乳房,双眼不住地眨动着,一双闪烁着野性的带几分忧郁的目光,定定地瞅着索远,耳语般问他:

"好吗?"

能不好吗?索远点了一下头。躺在床上环顾着屋内的一切,天花板上残存着渗水的锈迹,墙壁上涂得深深浅浅的一些痕迹,有一个墙角的涂料剥起了。环境太一般了,但仍让人觉得,屋子里收拾得干干净净的,一眼看得出,这是单身女子的房间。窗帘拉得严严实实,显然,麻丽早在盼着他来了。

不知是天黑下来了,还是门窗紧闭,拉上了窗帘的缘故,屋子里幽暗下来。就在这一瞬间,索远陡然明白了,麻丽和但平平是不同的,但平平绝不可能像麻丽一样给他性,给他一种男人的满足感。他和但平平的夫妻生活,都是在黑灯瞎火中进行。哪怕是相互亲,相互抚摸,都是在暗中进行的。做爱就更不要说了,即便是过大年久别重逢时的做爱,尽管盼了很久,渴望了好久,久旱逢甘霖一般,不过也只是一种发泄,一种身体上的宣泄,一种释放。和麻丽就不同了,和麻丽在一起,他感觉到一股冲动,一种享受和陶醉,一种前所未有的甜蜜和幸福,一种心心相印的感情也在这期间不知不觉地油然而生。

但平平忽然到来,麻丽慌忙中离开了他的生活,他感到的不习惯,情绪上的不适,他的不舍和依恋,他时时刻刻对她的思念,全由于此。而对结发妻子但平平,除了最早离开郑村时期有过一段时间的不适应,他没有这种感觉。尤其是和麻丽形成了临时夫妻关系,对于但平平他几乎在心理上到了忽略不计的地步,只在每个月发工资后汇款时,他才想到但平平,但那多半是对于父母、对于女儿索想、对于结发之妻的责任感而已。

事情怎么会是这个样子呢?他似乎想不明白。

可事情确乎就是这个样子。这不关乎吃饭,不关乎穿着,不关乎居住,不关乎生存,这只关乎心灵和精神。而心灵与精神,又影响着他的生存质量,他会吃饭不香,他会不在乎穿着打扮,他会和麻丽待在租金500元一月的小房间里,也觉得舒适和酣畅。

"眼睛睁得大大的,想啥子呢?"麻丽裸露着滑爽的肩膀,朝索远俯身过来,轻声发问。

他瞅麻丽一眼,麻丽的鬓发有些蓬乱,脸上浮着浅笑,一双灼灼放光的眼睛里,那束野性的吸引他的光芒中,透出探究的神情。

是啊,他想啥子呢?他想得甚多,却又一言难尽。他纷乱的思绪,一两句话讲得清楚吗?

他朝麻丽淡淡地一笑,收回了思绪。对了,他赶过来见麻丽,是要听她讲彭筑不宣而至地回到上海的情况的,他舔了一下嘴唇,轻轻问道:

"你不是说彭筑来了吗?他没喊你去一起住下?"

这在往常,几乎是惯例,是没二话可说的事情,哪怕索远心里和情绪上再不情愿,也是无法阻止的。可这一次……索远捡起了刚才和麻丽通手机时没听到答复的话头。

麻丽的脸色阴沉下来，她转身躺下，身子往索远更紧地挨了挨，吁了一口气，道：

"事前一点风声不透，神不知鬼不觉到了上海，我就感到怪。刚进车间，还没在流水线上坐下，接他手机说，他在莲香楼喝茶，喊我马上去，我更感到稀奇。这算是哪一出戏文？不瞒你说，索远，我一接他电话，心都怦怦乱跳，别是他发现了我们俩做'临时'的事。我推托说车间里忙，让他快过来，他说约了人在莲香楼谈生意，脱不开身，我只得跟于美玉说了声，忙慌慌赶了去。一见面我就说，到上海来为什么不来个电话，他讲是临时决定的，我抢白他，临时决定连条短信也不发？心里存什么鬼？他又改说是为了让我有个惊喜。我说撞你的鬼，惊喜？吓我一跳。没想到他反唇相讥，说看得出，见了他我一点也没高兴的表示，是不是和别的男人裹上了？我当然不承认，说他在外头花天酒地，经常多少天也没个音讯。他冷笑起来，阴丝丝地吐着烟圈说，麻丽，不要以为我不晓得，我大小也是个包工头，通消息的人总是有的……"

索远抚摸着麻丽乳房的巴掌起先还有点感觉，麻丽人不胖，可她的乳房胀鼓鼓的，平躺着也挺得高高的，十分性感。听到这当儿，他把手移开，轻声问：

"有人告诉他我俩的事了？"

"嗯，多半是这样。"麻丽使劲地点头，她撩了一下散乱的乌发，说，"他这个人下流，什么话都讲得出来。他说他忙，顾不上联系我，我也没主动给他发消息、打电话呀。在酒楼那种公众场合，他还说，他是晓得我的，身边没男人不会这么沉得住气。"

"你怎么说？"

"我当然骂他诬人啰！可我心虚呀，我和你在浜头村住有人晓得啊。人家最喜欢传播的，就是这种事！"

索远沉吟着判断道："这么说，彭筑听到的只是风言风语，他并不晓得我……"

"难说。"麻丽转过身子,把半边脸埋在索远的脸侧,"他虽没刨根问底追下去,可他的话已经讲出来了。他不可能天天守着我过日子,既然我已经有了人,那就好离好散,从下月起,我可以不用给彭飞再汇款了……"

"他想要儿子?"

"听他语气有这意思。"麻丽双肩耸动,忽然悲从心起,抽泣起来,"我说彭飞是我的娃儿,他也不同我争,说没错,我要愿意继续寄钱,他也不反对。他只是为减轻我的负担。这个龟儿子,他一定早都盘算好了,说不定在外地已经另外有了一个家。索远,我……我只有你了!"说到这里,麻丽双臂一张,搂住了索远,整个身躯都颤动着,压抑地哭出声来,索远脸颊上,顿时摩挲到了麻丽的泪水,温热温热的。好真情。

索远舒展了一下双臂,把臂弯绕过来,搂住了伤心啜泣的麻丽,双手安慰般轻抚着她出了点汗的后背。她的后背上黏糊糊的。

这么说,彭筑的突然而至,是来给麻丽摊牌的。他是要和麻丽离婚,另觅新欢,或者是像麻丽猜测的,他早已有了另外的女人,甚至在别处组成了临时夫妻,那一头逼得凶,那一头更年轻漂亮,那一头更讨他欢心,迫使他采取行动,来找麻丽了断。

麻丽赤裸的身体随着她的哭泣蜷缩,全都压到了索远的身上。

索远感觉到了麻丽的无助、孤独和凄婉,他亲了亲麻丽的脸颊,她的脸颊上被泪水涂得湿淋淋的,麻丽用手指轻抹了一下。索远低声问:

"你怎么回答他呢?"

麻丽上半身仰起来,一双泪眼凝视着索远,在索远的两边脸上,重重地吻了两下,道:"说真心话,我早不爱他了,尤其是同你索远睡在一张床上之后,我的心只在你一个人身上。我一点也不在乎和他的婚姻。不过,我也不能便宜了他,他现在发了,当上包工头,有钱了,就想一脚把我蹬了,没那么容易!我是妻子,是女方,为彭飞,为我自家,说远点也为了我和你,我要争这点权利。"

索远迟疑地问:"行吗?"

麻丽躺下来,用手背抹拭着脸上的泪,凑近索远耳畔,说:"如果我没有和你组成临时夫妻,我完全可以理直气壮地提出为妻一方的权利,得到他彭筑的一半财产。我是受伤害的一方,这会儿,这会儿……"

索远双手一撑,坐起身子来:"你的话我明白,这会儿他察觉到了我们之间的关系,他觉得逮到了你的把柄,想轻松地和你离了。"

"就是这么回事,我看他打的就是这算盘。"

麻丽也坐起身来,随手把索远的衬衣丢给他,又捡起短裤往头上套:"现在我吃亏的是,只感觉到他有女人,可这女人是哪个,长得啥模样,多大年纪,是胖是瘦,是妖是精,我一概不知。没有人给我透点消息。"

索远一面扣纽扣,一面转身下床,趿着拖鞋道:"那他……晓得我吗?"

"吃不准。"麻丽眨巴着眼睛说,"这个龟儿子奸得很。他只是拿些含含糊糊的话来诈我,就是不漏底。"

索远穿戴好衣裳,站定在床前,皱起眉头问:"那你说,咋办?"

"咋个办?我都不晓得。"麻丽也把衣裳穿好了,下得床来,站在索远跟前,"我喊你来,一是想同你亲热,这么多天了,熬得慌;二是要把这些情况都告诉你,让你知晓了,好有个准备。"

"彭筑住在哪里?"

"在莲香楼吵得不欢而散,他没喊我去,我也不问他。"麻丽气咻咻地道,"说不定,他是和相好一起来的。"

"真的吗?"

"我是猜的。"

索远看得出,彭筑出其不意地回到上海,出乎意料地不像以往那样约麻丽去同住,深深地伤了麻丽的自尊,寒了她的心。至于彭筑究竟了解到麻丽和他之间的一些啥情况,麻丽也不清楚。也许彭筑只是听到一些风言风语,也许彭筑只是捕风捉影,也可能彭筑已经了解到了麻丽和他的临时夫妻关系,不到关键时刻,他不说出口,深藏不露。几种情况都存在。正因为此,索远内心有一种无所适从的感觉。他看得出,麻丽也是矛盾的,如果她想在和彭筑的离婚战中占上风,那么她该暂时回避和他之前的临时夫妻关系,在这段时间里,尽量少接触,少亲近。可她没这么做,她和他待在一起,比原先显得更亲热、更奔放、更热烈、更缠绵,其势头前所未有。这是索远明显感觉到的。

面对这情形,索远该怎么办呢?他也感到茫无头绪。他在感情上、心理上、生理上都觉得离不开麻丽,他迷恋她,甚至还有些依赖她。可他的妻子女儿来到了身旁,她们和他天天生活在一起,她们仍视他为好丈夫、好爸爸,她们还啥都不知,啥都蒙在鼓里。他也不想伤害她们,她们是无辜的呀!她们是善良人。

从这个意义上说,他更怕出事,更怕真相被揭穿。理智地对待双方的关系,他该趁妻女到来这一时机,逐渐地疏远和麻丽的关系,让麻丽回到她原来的生活轨道。而他呢,也同但平平和索想,过三口之家的打工小夫妇相安无事的日子。

别说他做不到,麻丽也不肯。

两个人沉默下来,小屋里有点闷。不知不觉间,天黑下来了,麻丽走过去,捅开了一扇窗。有风吹来,不时地拂起仍没拉开的窗帘。

麻丽坐在床沿上,轻轻拍下床头,说:"你想走了吗?坐一会儿吧,电线杆样站着干啥?"

索远在麻丽身旁一坐下,麻丽就把身子靠了过来,声音嗲嗲地说:"索远,我舍不得你走。和你待惯了,一个人好没趣。"

这也是索远想说的话,但平平和索想来到了他生活中,他也常觉乏味。可他说不出口。他只是声气低低地说:"我也是。"

麻丽的双手勾住了他脖子:"那你别走了,今晚上就睡这。"

索远苦笑了一下。

麻丽的两条胳膊无力地松了下来:"我知道你舍不得老婆、女儿。"

"她们初来乍到,上海对于她们,两眼一抹黑。"索远解释似的说,"没有我,她们活不下去。"

"活不下去,就回老家去。"麻丽带着股气说,"索远,我就容易吗?从四川家乡跑出来打工,吃了多少苦啊!真正一言难尽,先是到海南,后来到深圳,最终又同彭筑一起跑来上海,我一个姑娘,尝到的滋味你没法想象。彭筑之前,也有男人追我,有小伙,有成过家的,我都看不上眼。和彭筑认识之后,他说他不甘心一辈子给人打工,他要混出个人样来,也要当出人头地的老板,我认定他会有出息,就随了他,和他生下了彭飞,又一起来到上海。他是出息了,当上了包工头……"麻丽说得气急,离开床沿去桌面上抓过一杯凉开水,"咕嘟咕嘟"喝着。

索远惊愕地倾听着麻丽的讲述,他俩是临时夫妻,待在一起三年多了,他从没向她打听,也从未听她讲过自己的过去。他不想打断她主动的情不自禁地倾诉。他期待更深地了解她。

麻丽喝光了一杯水,又摸黑给他倒了一杯水,递到他手里:"你喝。"

水有点温,索远喝了一小口,忍不住问:"后来呢?"

"后来,哼!彭筑刚当上带七八个人的小包工头,就传出了拈花惹草的'好消息'。我追问他,他先是不承认,我跟他发急,他就说那当不得真,他还不是逢场作戏,让我别在意,他都和我有了彭飞,不会离开我。你说我寒不寒心,还没混出个人样呢,就玩上女人了,嚇嚇,嗯……"

"不要哭。"索远听到麻丽又抽泣了两声,劝慰着。

麻丽抹一把泪,摇了摇头:"我不是哭,是寒心……"

"也是伤心。"

"你说对了。时间一长,这类事儿听多了,我也麻木了,想,随他去,他龟儿子……"麻丽诅咒彭筑的话未出口,窗口外头传来一个尖尖脆脆的嗓门:

"麻丽,麻丽在吗?"

麻丽惊觉地一仰脑壳,双手胡乱抹着脸上的泪,低低地道一声:"是于美玉,她咋个来了？"

不用麻丽提醒，索远也听出来了，这是车间里今天顶班的苗姑娘于美玉。他当即紧张起来，不想让人知道，怎么偏偏会有厂里女工找来了？他有点慌张，他怕给人盯梢。

"麻丽，麻丽是住这儿吗？"于美玉的喊声又响起来。

麻丽扑到窗户边，拉开窗帘，头探出去答应着："是哪个？"

"麻丽，你快下来，我有话儿对你讲，快下来呀！好重要的事儿。"于美玉声气朗朗地叫唤着，"我特意找来的。"

麻丽朝楼下挥挥手："好的，好的，我换件衣衫，马上下楼来。"

窗帘在窗户边晃了晃，麻丽转身按亮小屋的灯，对呆若木鸡的索远压低了嗓音道："我带上钥匙下去，你等我和她走远了离开，把门关上就行。"

说完，拿起一件挂在门后的衬衣，边穿边打开门走过去，朝索远一摆手，只听脚步声重重地跑下楼去。

索远痴呆呆地坐着不动，于美玉有重要的事儿告诉麻丽，肯定不会是厂里的事。厂里的大小事情，老板会找他这个领班。那么，会是什么好重要的事儿呢？多半是她女工们之间一些鸡毛蒜皮。思忖到这儿，索远不由得暗自讪笑了一声，摇了摇头。他正不晓得怎么离开麻丽租住的这间小屋呢，于美玉把麻丽喊走了，也好，他趁这机会，关上灯，带上门，慢慢回浜头村去的路上，好好地梳理梳理纷乱的思绪。是得好好梳理一下了，他只觉得心头乱成了一团，纠结得解也难得解。

八

没有丝毫预兆显示但平平要对索远摊牌表明态度。

妹子索英放大了的父母照片高挂在墙上，镜框两边披挂着黑纱，搁板上燃烧的香烛飘散着袅袅的轻烟。索远从食堂里买回几个菜肴,索英带来了两个菜,是熏鱼和鸭子,下班回家的但平平连续炒了几个郑村家乡口味的热菜,一家人给父母的像跪下去磕了头,庄重地在远离故乡的上海祭奠着逝去的父母。四个人坐在一起吃了顿团圆饭,了却他们悬挂在心头的那份感恩之情。晚饭后,索英还要去一户人家服侍老人,告辞走了。索想做了会儿作业,上阁楼去了。但平平收拾着碗筷,忙个不停。索远面对着父母亲的照片,情不自禁陷入了沉思。

索远是在山乡的郑村长大的,他的父亲是个下放知青,故而在郑村乡下,就他们一家人姓索。出来打工之后,索远才知道,在人世间,姓索的人是很少的。稍懂点事儿,父亲索之维就告诉他,他们家原先住在街上,不是县城的大街,是比郑村集这种小镇热闹点的谷市。祖父母是谷市街上的居民,也可以算得上是城里人,听父亲说,祖父祖母是老实巴交的小生意人,在谷市街上开了一家小铺子聊以为生,新中国成立后定的成分是小业主。索远在县城读初中的时候,特意和几个同学拐到谷市去看过,是个很冷清和寂寞的小镇,长长的卵石铺砌的街道,只有零星的几家铺面,没几个人。父亲索之维却告诉他,原先,要追溯到新中国成立前了,山乡公路没今天这么发达的时候,作为水陆码头的谷市,可以用万商云集、百业纷呈来形容它的繁荣。世事沧桑,现在没落了。三年困难时期,不能依赖小铺子继续生存的祖父祖母被动员下乡,中学毕业顶着小业主家庭出身的索之维没能如愿考上大学,在就职岗位稀少的谷市又找不到一个工作,说起来可怜,连到卖盐巴打酱油的商店里当个营业员、去理发店学理发都没资格,索之维只能随着父母下放到郑村乡下,当上了一个下放知青。

幸好郑村偏僻,没几个文化人,乡间的农民们憨厚纯朴,见来了一个高中毕业的知识青年,安排索之维进乡村小学校当了一名教师。一辈子在乡村小学校当教师的索之维,深感城乡之间的差别之大,在索远老大不小的年纪,就对他说:"我这一辈子算是混过去了,你长大以后,无论如何都要走出去。郑村集、谷市的街上比乡下强,县城又比小镇好,比县城大的城市,省城,当然更好。而最好的大城市,当然要数北京、上海、广州、天津、武汉啰。你记住,千万千万不要窝在乡下。"他对索远是这么灌输的,对索英也是这么教育的。故而,索远在地区的职业学校毕业之后,索英高中毕业没考上大学以后,都跑上海来打工了。

人是跑上海来了,他们的根却是在乡下,在郑村。也正是这样,当索远依靠打工出卖劳力在上海稍稍站稳脚的时候,他仍然按照郑村的习俗娶了乡间贝村的姑娘但平平,生下了女儿索想之后,让她们和父母在乡间务农过日子。所有和索远差不多时间出来打工讨生活的农民工,过的都是这种两地分居的日子。索英就不同了,她出来得早,她没在郑村谈婚论嫁,她独身一人出来随着哥哥到上海打工,很快融入了上海社会。适应了城市,眼界不同了,环境变化了,生活的方式自然也完全不同了。

十几年的打工生涯,让索远变成了一个新上海人。不仅仅是衣着、口音、生活习惯、价值观念变化了,最主要的是,思想变了,想法变了。用索英的话来说:"再让我回郑村去过一辈子,是不可想象的事情。"她这话是许许多多通过打工、通过自己的劳动在上海、在城市争得了一席之地,生活基本安定下来的男女青年们的心声。索远也一样。最初的时候,他只是想打几年工,赚上一笔钱,回郑村去翻盖一套房子,守着父母妻儿,过上比在泥巴里讨生活的郑村农民好一点的安逸日子。后来他不这样想了,他想赚更多的钱,把父母妻儿接到上海来,他甚至野心勃勃,想赚钱买一套房子,不是租,不是临时的,而是像那些早几代来到上海的老上海人,像户籍在上海的老上海人一样,长长久久、世世代代居住下去。之所以会产生这一想法,是索远看到,那些比他年长一些、早几年出来打工的汉子,随着年龄的增长,自感体力逐渐不支,用攒下的钱在故乡翻盖了房子,却已经不能适应乡村里的生活。他们让土地荒芜着,只种一些自己够吃的粮食和蔬菜,整日双手插在兜里,晒晒太阳,逛一逛街。打工的城市他们融入不了,故乡又显得陌生了。他们不过四五十岁呀!索远从他们的遭遇,看到了自己的明天。为了不致重蹈覆辙,他下定了决心要融入都市,融入大上海。眼前,那当然是要为这个宏大的长远目标付出代价的,其中最大的代价就是同妻女分居,同但平平分居。他以为很多打工族能在分居中熬下去,他也能熬得住。

没想到情况在潜移默化地变化,打工群体中出现了一对一对临时夫妻,虽是临时的,可和真的夫妻没啥两样。周围的人们装作对他们视而不见,社会对这种现象眼开眼闭,学界有人说"可以理解",一些当官的甚至说,民不告、官不究。跃跃欲试地观察犹豫了好久,他和麻丽也做成了一对"临时夫妻",似乎是顺理成章,仿佛是水到渠成,竟然相安无事、无波无澜地过了三年多,从根本上解决了性的饥渴。

谁知道,千里之外的故乡郑村一场飞来横祸,一场大水灾,不但吞噬了父母的生命,还把他的妻女突如其来地送到了他的面前。他在惊慌失措中疲于应付,他编织一个又一个谎言欺骗着身边的亲人,他陡然意识到一个从来没有深思过的精神上和感情上的难题横在跟前:

他爱谁?

他该爱谁?

他心灵深处真正爱的是哪个?

非但要解答,还得做,得采取行动,得有措施。

在这之前,他可以捂着盖着,瞒着骗着,他可以打马虎眼,可以两头不得罪。

他爱妻子但平平,爱他们共同的女儿索想,他月月给她们汇款,他过春节回去和她们团聚,一解乡愁,欢欢喜喜过个年。年年回去,一大家人都是其乐融融,美满幸福。至少表面上看来是这样子。

他爱麻丽,他们组成临时夫妻以来,一年中三百多天住在同一屋檐下。麻丽为他煮饭炒菜,料理家务,让他下班回屋感受到家的温暖,他对麻丽同样是嘘寒问暖,节假日还像所有的夫妻那样去逛街购物、游山玩水、看电影、看演出。

这都不是假的,可这中间全都掺着假。现在,但平平和索想的到来,要把这假象的幕布掀开了。

他该咋个办?

他该如何做?

他茫然,他得过且过,他混一天是一天,只有他心里晓得,这样的日子不好混,他的神经时时刻刻处于高度的戒备之中,他说话做事都得留着心眼。这比他初打工时整天花力气费劳力挣工钱还累。就这样,眼看着也混不下去了,彭筑一脚把麻丽蹬了,看麻丽的心思,是要缠着他的。他私底下也是喜欢麻丽,愿意被她缠的,可他怎么把这真相去跟但平平说,给但平平摊牌,给还是个孩子的索想讲?那天在麻丽新租的住处,等麻丽和于美玉走远了,他像个贼一样关熄了灯,轻轻带上门,把助动车推出好远,才发动起来骑上去。快回到浜头村的时候,他忍不住停下车子,在路边给麻丽打了一个电话,询问于美玉下了班专程来找她,是个什么事。毕竟,这有点非同寻常。

"还能是啥子事?"麻丽说话总带着点儿川妹子的麻辣劲儿,特别是在她有情绪的时候,不知不觉间就露了出来,"彭筑这龟儿子像条狗似的,嗅到了啥子。他蹓到厂子里,找人打听,我这一阵子住在哪里,是和小姐妹们伙起住,还是一个人住,或是有相好……美玉觉得情况严重,专门跑来跟我说。她本来是要直接到房间里来的……"

"怎么了?"索远一听顿时紧张了,只觉得自己的头皮也抽紧了。这成了他的条件反射。

麻丽冷笑一声:"她在下头认出了你的助动车,又不晓得我具体住在哪间屋,怕麻麻渣渣地惹出事来,就在下头喊开了。"

"你新找了住处,告诉于美玉了?"

"是啊,只跟她随口说了句浜中村22号,苗姑娘就记住了。"

"照你这么说,她晓得我们之间的关系?"

"哎呀,索远,你还以为人家蒙在鼓里啊!你也不想想,我们在一起住,整整三年多了!哪个不晓得我们的关系啊?人家只是碍于面子,不当面点穿罢了。

跟你讲,除了你老家郑村乡下,全厂上下,都是晓得的。"

"呃……"

索远还有啥话说呢？麻丽讲的是实情。三年多来,他和麻丽在浜头村以夫妻名义租房,双进双出,认识和不认识的人,都晓得他们之间的关系。在厂里,吃饭的时候,他俩也经常在一块儿,索远自以为他们是比较亲近的同事,并不忌讳人家说三道四。想到双方配偶都不在身旁,他们倒也神态自若,却不料,世人都是心知肚明的,只是不点穿而已。索远直到这时,才意识到在多少时间里,自己只不过是自欺欺人罢了。在这一点上,麻丽凭她女性的直觉,把事情看得清清楚楚。正如麻丽所说,现在不知情的,唯独妻子但平平和女儿索想而已。只是,只是,她们从不知情到晓得真相,犹如捅破一层薄纸般简单,是随时随地都可能发生的事。索远只觉得自己活在看不见的威胁从四面八方向他包抄过来、逼近过来的氛围里。彭筑在威胁着他,祝婶在威胁着他,妻女也在威胁着他,就连口口声声深爱着他的麻丽,其实也在间接地威逼他,逼着他面对严酷的现实,逼着他做出抉择。

可他始终得过且过地拖延着,明知不可能维持现状,还是勉为其难地拖下去。

上海最难熬的炎夏终于过去了,荷花谢了,茎和叶被太阳晒得过了头,枯萎得在荷塘里呈现一片残枝败叶的景观。唯独在盛夏中繁殖得极快的水浮莲,在水面上显得生气勃勃,十分旺盛,似乎入了秋还在肆无忌惮地蔓延。秋菊开花了,田头、土边、农家的院落里,随处都能见着白色、黄色、玫红、紫色的菊花。让久离郑村的索远多少感到一点乡土的气息。浜头村的夜,更显宁静。久久地陷入深思的索远,陡地感到,屋外,什么声息也没有,十分寂静。只有电视上,正在播送天气预报,说是刚过了十一,强台风"菲特"已往上海步步逼近,必须严密防控。是啊,连中央电视台都在清晨发布了红色预警。一大早整个上海天空中乌云密布,最晚明、后两天,将有明显的风雨来袭。上海已在紧急部署防汛抢险工作,面临台风、暴雨、天文大潮"三碰头"的严峻局面,市防汛办紧急部署防御措施,不仅提醒市民,还为外来游客们疏导安全返程,尽量安排客人们平安离沪。

听到这条消息,索远心中感慨,若是郑村老家对于洪涝灾害的预警,也能像上海这样及时,那么父母双亲就不会被洪水吞噬,房屋及家里的财产,也不至于给席卷一空。这样的话,即使遭灾,但平平和索想都不会匆忙慌乱地来到上海,他更不会像现在这样整日里提心吊胆的,总害怕着"地震"……

"远哥,我给你看样东西。"但平平坐在床头边,对双眼盯着电视机、入神忖度着的索远说着,顺手拉开了床头柜的抽屉。

索远的目光转向但平平,妻子的说话声气不高,但他听出了她嗓音里的异样,家常说话,她不是这个腔调。他狐疑地望着但平平,但平平没在瞧他,只是低着头,从半拉开的床头柜抽屉里,取出一只信封,转过身来,一脸委屈地瞅着他,把信封递过来:"你自家看吧!"

搁板上的烛花"扑哧"一声,亮了一下,熄灭了。只有几支香,仍在飘散着轻烟。

索远离座起身,走近两步,取过妻子手中的信封。他晓得,从老茶馆下班回家,但平平今天是跛着脚走回浜头村来炒菜的,索远指着脚背上的纱布问她是怎么回事,她轻描淡写地说了一句:"没啥,遭开水烫了一下。"索远还关切地叮嘱了她一句:"要不要去医院?以后得小心。"

当时她只把脸转过去,说了声包扎过了,没啥。

手里一捏信封,索远的心头一紧,他想起来了,信封里装的是照片。

他从开口的信封中把照片一抽出来,头顿时涨大了,眼面前刹那间金星乱闪,耳朵里轰鸣起来。好似有一回性急乱穿马路,冲到十字路口,警察尖锐的哨音,直灌耳膜,从四个街口驶来的汽车,全朝着他一起鸣喇叭。

照片上是他和麻丽在杭州休闲旅游时的合影。

最上面的一张还说得过去,他们俩站在西湖边,麻丽大大方方地挽着他的胳膊。这样的合影但平平看来不习惯,在城里人看来,只是平平常常的,无可厚非,解释得过去。可以说成是一个工厂的同事出去旅游,平时相处得比较好,拍照时周围的同事们都在起哄逗乐呢,你没看照片上我们笑成那傻样。阳光很好,灿烂明媚,湖光柳影。正因为看着舒服,麻丽才特意把照片洗印出来了。

幸好索远没开口辩解。

第二张照片就不好讲了,那是他和麻丽坐在西湖的小船上,麻丽两条修长光裸的手臂盘着他的脖子,脸挨过来,几乎贴在一起,请划船的艄公为他们拍的。索远还记得照相那个瞬间的情形,麻丽"咯咯咯"清脆地笑着,扬着手对艄公喊:"你退后一点,退后一点,多拍几张!"

讲一口浓重绍兴口音的艄公显然习惯了为夫妻情侣们摄影,只稍对了一下光圈,就一口气给他们拍了五六张,把相机递还给麻丽时,艄公还说:"你们两口子相貌交关好啦,拍出来的照片肯定张张好的。"欢喜得麻丽搂紧了索远,使劲地摇晃了几下,惊得艄公连声提醒轻点摇、轻点摇。

第三张、第四张……后面的几张照片,每一张都是两人亲若夫妇的合影,神情自然大方,相互之间亲昵的模样,不是夫妻都装不出来。索远一张一张翻看着照片,他想起来了,从杭州双日游回来,麻丽说过,要把他俩的合影,选几张拍摄得好的,去洗印出来,珍藏起来。洗出了这八九张他俩满意的照片之后,麻丽把照片放进了信封,藏在床头柜垫底的隔年挂历纸底下。但平平和索想突然闯来的那天清晨,麻丽当然想不起这些照片,索英来把麻丽的衣裳和日常用品取走时,也不晓得这些照片的存在。千不该万不该的是,事后麻丽和他都没想起两人一年半之前留在抽屉底部的这点照片,要早点想起,把它们取走,也不会被但平平看到了。

现在他还有什么话可自圆其说?他低着头,目光凝视着照片,照片上一阵模糊,心"扑通扑通"跳动着,脑子里一片空白。

"这个人是谁,索远?"但平平的声气在房间里响起,是询问的好奇的语气,不是尖锐的喊叫,不是责问,她的话语显得十分平静。但在索远听来,她的嗓音竟有一种震耳欲聋之感。

索远的嘴巴张了张,没发出声来。他不敢发声,他怕说错,怕把事情愈描愈黑。他拉过一把椅子,一屁股坐在椅子上。恐惧中时时提防着的事情终于来了,他和麻丽的临时夫妻真相终于让妻子但平平察觉了。他曾经设想过好多种事态败露的可能,万万没想到的是,事情却是由这几张当时他们曾经那么喜爱的照片引出来的。

他设想过真相被发现之后的种种可能,但平平会大哭大闹,大喊大叫,一把眼泪一把鼻涕地和他争吵个没完没了,抱怨他的忘恩负义,咒骂他是现代陈世美,在浜头村吵个天翻地覆,再闹到厂里去,让他里外不是人,在索想面前抬不起头来。索远的脑子里掠过浜湾村里的一对临时夫妻被揭穿之后,两个女人厮打成一团的情景。厂里一个职工,和一个打工妹子的临时夫妻闹开之后,从乡下找来的汉子把他打得头破血流,缝了好几针的场面,也是索远亲眼见了的。眼面前,但平平在发现了他和麻丽的亲密关系之后,竟然如此镇静,如此沉得住气,说话还能保持往常的语调,真的令他想象不到。

索远坐在椅子上,电视仍开着,日本首相安倍晋三又在荧屏上趾高气扬地手舞足蹈,索远的眼皮抬了抬,喉咙似被扼住了一样,说不出话来。

是啊,他能说什么来回答但平平呢?

令他惊愕的是,但平平接着道:"你不说我也看出来了,这女人是你的相好,是你在上海的相好,是住在这间房子里的相好。"

最后那一句但平平说得十分肯定,简直像她亲眼看见了一样。

"呃……"索远总算发出声音来了,他想说不、不是,想要否认,终究因为底气不足,没说出口。他从来没这么狼狈过。

"索远,我早看出来了,一进这间屋就看出来了,满屋都是女人的东西,衣物啊,鞋子啊,贴身的那些用品啊。"但平平仍然不急不慢地说道,"索英帮着你,她急匆匆地冲来收拾这些女人的物品,说都是她丢在亲哥哥你这里的,当时我还信了,我和索想都信了。和你在这间屋里住下之后,我才明白了,妹子不可能把一个姑娘家的东西,那么随便地丢在这里。再说,再说,我留心了,索英拿走的那些衣裳,后来的这些天里,一件她都没曾在身上穿过,是不是啊?"

这是索远想象不到的。

但平平似乎不想听索远的申辩,顾自接着说下去,她的手指了指索远拿在手上的照片,道:"直到我看见了这几张照片,我什么都明白了。这些年里,我都遭你骗了,索想和父母,也都遭你骗了,我们好可怜啊,始终蒙在鼓里头,不晓得你身边,已经有了这么个女人!"

索远觉得但平平的最后这句话,像一条鞭子般,狠狠地抽在他脸上。他内心一惊,脸部肌肉随即抽搐了一下。他觉得喉咙里发紧,嘴巴里发干,整个身子似有股烧灼感,面对妻子,面对其貌不扬的但平平,他能说啥呢?低声下气地哀求她,暴跳如雷地呵斥她,他都做不出来。在他这个出了轨的男人面前,她是个弱者,从郑村乡间走出来的弱者。况且,他们如若吵起来,马上就会惊动阁楼上的女儿,惊动早就知情的房东祝婶和浜头村里的其他房客与村民,这都是索远不愿意发生的。既然但平平如此通情达理,平心静气,他就更得忍耐、忍耐,在没有找到合适的话说之前,保持沉默,保持克制,保持一个领班最后那点儿尊严。

但平平站起来了,跛着她烫伤的脚走了两步,那张看去十分平常的脸上什么表情也没有,眼皮耷拉着,索远甚至都无法看清她目光里是委屈,是愤恨,还是恼怒。

但平平站在索远跟前,声音放得更低点地说:"索远,我不指望你马上答复,你尽可以安心地想,想好了对我说。我走了……"

"你要去哪里?"索远着慌了,他抬起了头。

"有台风,说雨会很大,老茶馆规定要值班。"但平平一双似没睡醒的眼睛眨了眨说,"茶姑娘要我睡到镇上去。"

"那……"索远想说那我送你去,可只吐出一个字,又说不下去了。听到了刚才但平平一番撕落他画皮和伪装的话,他实在无颜面对妻子。他装不出来,他不是那种深有城府的人。

但平平停顿了一下,又朝门口走去。打开门,一阵风呼啸而进,索远不由得打了个寒噤,但平平头也不回地叮嘱了一句:"索想的早饭,我给她留在餐盒里,明早晨你提醒她一声。"

门"哐"一声关上了,隔开好久,索远才像想起了似的,答应了一声:"好的。"

话音出口,他才意识到自己答迟了,这会儿,但平平一定已经走远了。

索远的双手抱着脑袋,疾坐在椅子上。这会儿,他只觉得自己被扒光了衣裳,赤裸裸地暴露在大庭广众面前。

但平平知情后出乎意料的冷静,令他愕然之余,不由得陷入了沉思。是啊,娶她进门之前,索远对她的了解是不多的。只晓得她是离郑村很远的贝村上一个农家女,读过初中,只因父亲是山乡里的石匠,能赚点活钱,她没出远门打工,在家和母亲守着几亩责任田地和山林度日。娶她进门之后,他只在新婚那个月里和以后的每年过春节,与她团聚在一起。只要他回到郑村老家,见到的她始终是个言语不多的贤妻良母,她照顾从小学教员岗位上退休的父亲索之维和母亲,一年一年拉扯大索想。他回家过年的日子,她天天给他端茶、炒家乡菜,到了晚上还给他端洗脚水。熄灯之后在床上亲热,她都是柔顺地任随他摆布的。她对乡间的日子很满足,也总相信他赚够了钱,会有一天来把她和索想接去上海。她没给他提过非分的要求,甚至连非分的想法都不曾有过。

在郑村,对更为偏远蛮荒的贝村女人,有一种传统的说法。说贝村女人不说爱、不撒泼,她们有爱憎却不会尖叫哭闹,在绵长的生活中,她们总是默默地显示着自己的存在,她们的生命朴素而又忍耐,故而会让人感觉一种令人心碎的美丽。现在仔细回想,十几年里,他们夫妇生活在一块儿的日子,加起来都不到两百天,新婚那个月时间长一点,索想出生那年他待得长一点,以后每年,就是过春节到元宵,待个十几天。和麻丽成了临时夫妻这三年,都是借口初七、初八就要上班,不到十天就回上海来了。每一次离家时,但平平深情款款地望着他,舍不得他走,却从没表达出来,阻止他或挽留他。扳着指头细算,他和但平平共同生活的天数,不足与麻丽结成临时夫妻的三分之一。唉,究竟哪一方算临时啊?

这会儿,极力想要隐瞒的真相被她知晓了,而且她明确地对他说了,要有个说法,也就是有个决断,有个态度,容不得他多拖延。他该如何答复呢?如何面对呢?

索远想把这新情况告诉麻丽,让她好有个思想准备。万一但平平恼羞成怒地找到她面前,她好及时回避。但平平会打听到麻丽的行踪,找到她吗?索远判断不出来。但平平今天的表现,让索远惊觉到,他对自己的老婆,实在是了解不多的,他只晓得她是个从贝村出来的女人。索远的手伸进兜里,摸着手机了,却还是没掏出来拨电话。把真情告诉了麻丽,麻丽不同样会让他表态嘛!彭筑调查到麻丽和他之间的临时夫妻真相,只是一个时间问题,如若彭筑和麻丽一刀两断,分道扬镳,麻丽不也迫切地需要索远一个明确的态度吗?

是和结发妻子但平平、亲生女儿索想共同在一个屋檐下生活,还是和临时妻子麻丽相好,二取一,索远必须做出抉择,拖不得了。

九

这种情形从来没有发生过。

空气有些潮润,有些发黏,让人感觉湿气很重。

他这是在和谁睡觉?他一时间有些迷糊,有点儿昏晕。但他的感觉是真切的,他搂着一个女人,他抚摸着她柔软的胸脯,他触摸到了她丰满的乳房,他甚至十分喜欢拨弄她那发硬的、坚实的乳头。可他看不清楚她是谁,他只感到贴紧了她的身体,和她四肢交叉重叠在一起。哦,他们在做爱,他觉察得到床在颤动,像坐在火车上……不不不,坐在轮船上一样在颤动,怎么是轮船,明明是小船儿,是那种柳叶般在轻波涟漪上漂浮的小舟。小舟在漂,水面在晃,怎么回事儿?他一边和她在做爱,她怎么会一边在哭泣?哭得那么伤心,泪如雨下,泪水都是一滴一滴,温热温热的,带着她躯体醉人的气息。这种情况以前从来没有过,他和麻丽做爱的时候,每一次都酣畅淋漓,每一次都有种心旷神怡的满足感,感觉到心心相印,感觉到幸福欢乐,感觉到少有的陶醉。要不他们也不会一起租房,共同生活在浜头村里。麻丽不止一次说过,虽然和彭筑有那么一层法律上的夫妻关系,但是彭筑从来没像索远这样给过她床笫之欢,给过她发自肺腑的甜蜜。她说过,女人是很看重这种感受的。因而每一次相爱,她都笑得十分灿烂。这一次是怎么了?她怎么会在做爱时哭得如此伤心?真是怪了。

一阵粗暴的敲门声使得他俩从床上惊慌失措地爬了起来,衣服都来不及穿,门被砸开了。他们俩,索远和麻丽,赤身裸体地站在人面前,暴跳如雷的彭筑冲在一伙凶徒的最前面,高高地举起一根铁棍,劈头盖脸地朝着索远恶狠狠地打来,麻丽吓得双手捂脸,蹲下身子惨叫失声……

一声雷鸣,索远从噩梦中惊醒过来。

索远呆痴痴躺在床上,回想着梦境中的景象,心怦怦怦地骤跳着。身上出了点汗,黏糊糊的。屋外在下雨,雨下得很大,窗户外边,落漕浜的流水声隐约可闻。

人说,日有所思夜成梦。回想梦中的情景,索远仍心有余悸。真发生像梦中出现的事情,那他和麻丽,会成为整个浜头镇区域里的新闻人物了。

梦是预兆啊,以后的这些天,可得小心又小心,谨慎又谨慎,千万不能麻痹大意了。

起床刷牙的时候,手机响了。电话是索英打来的:"哥,嫂子给我来了电话,你晓得不?"

"不晓得。她天天在老茶馆值班,连饭都喊索想到茶馆店里去吃,几天没回来了。"

"都怪你们,连几张照片也不放好。"索英对索远抱怨着,"把我也牵扯进来,说我包庇你,尽向着你这干坏事的亲哥,给你们遮丑。现在好,嫂子又节外生枝了。"

"她想干啥?"

"她一大早烧开了水,没事给我来电话,提出要见麻丽……"

"啊!"索远大吃一惊,"你告诉她麻丽的名字了?"索远怕的是但平平冲到广惠厂车间里去找麻丽。那会是个怎样尴尬的场面。

索英连忙道:"我还没那么傻。嫂子是向我打听了,照片上这妖女子叫啥?我推说那是你的事情,我闹不清。"

"她怎么讲?"

"她说索英你不讲也没关系,但是你得帮我联系一下,我要见她。哥,你说我怎么办?"

"你是怎么答复的?"

"我说试着联系一下看……"

"你不能让她去见麻丽。"索远斩钉截铁地说,"她俩一见面,那还有个好?"

"知道没个好,哥,你就该当机立断。"索英不悦地说,"哥啊哥,嫂子和想想一来上海,我就跟你说了,当断则断,你得趁这机会,和麻丽撇清临时夫妻的关系,好好地和嫂子、想想和和美美地过三口之家的太平日子。可看看你,吃着碗里的,还想着锅里的,和麻丽藕断丝连地扯不清。麻丽住我这儿时,跟我掏心里话说舍不得你时,我就说你的麻烦大了,你这会儿该相信,该清醒了吧。"

"是、是的,索英,"妹子如何责备他,终究是妹子,自家人,索远惦记着赶去厂里上班,再次叮咛道,"不管怎么说,你不能让嫂子去见麻丽。唉,我都让这两个女人逼得焦头烂额了。"

"嘿嘿,"索英一点也不同情地冷笑着道,"哥啊,越往下拖,事情越复杂。你真以为嫂子那么喜欢烧开水泡茶的工作,不回家吗?"

索远一怔:"她不是说有台风,老茶馆要值班吗?"

"你自家抽空去看看,关心关心嫂子吧。这么好的嫂子,很难得的。"索英说完话,挂了线。

"喂,喂。"索远听不到索英的回话,盯着手机瞅了一眼,摇摇头,继续洗盥。

忙活完正要出门,手机又响了,这回是老板打来的,让他直接到总厂的厂部去。

穿上雨披,顶着迎面吹得他雨披啪啪响的大风,冒着砸得他头皮痛的大雨点,驾着助动车往厂部去时,索远在猜测老板一早让他去,是个什么事。

他是老板的铁杆部下了,都说广惠厂在20世纪90年代创办初期是七八个志同道合的创业者,稍有起色时招聘的第一批三四十个人是骨干,索远就是这三四十个人中表现出色的一个。一般的事情,老板发一条短信,再不打个电话说一下,他就心领神会。干得好好的了,哪需要叫到总部老板的办公室去当面交代啊!

别是发生在他身上的"临时夫妻"事件,传到老板的耳朵里去了啊!

一想到这,索远的眼神都发了直,迎头风裹着雨点,打得他满脸是雨水。他一只手掌着助动车龙头,另一只手抹了把脸上的雨水,恰在这时候,前面有一大摊深积水,他一打龙头,想绕过这摊低洼的深积水,不料地面上一打滑,龙头歪斜过去,助动车随即朝一侧倒去,把他带落到地上。一辆轿车从他的身旁飞驶而过,溅起马路上的一大摊污水,全泼到他的身上、车上、脸庞上。

从侧面开过的一辆车上,司机伸出头来,对他一声斥骂:

"困扁头了,瘪三!"

索远好不容易站稳脚跟,长长地吁出了一口气。

好险!真出了交通事故,后果不堪设想。他的眼前一一掠过年幼的索想,幽怨的但平平,一往情深的麻丽,冷嘲热讽的索英,她们都会哭丧着脸赶到他身前,痛哭失声。

喇叭声响成一片，马路上喧嘈不息，车轮不时地溅起阵阵雨水。索远的心跳得凶，头脑里嗡嗡作响，他觉得自己应该冷静一下，不由推着助动车，避到人行道上去。

红灯闪烁了几下，绿灯亮了。

候在马路边的行人，疾疾地潮水般涌向马路对面，拐弯的车子插在人潮中，缓慢地移动着。一位中年人把手臂伸出去，直指着车里的司机说了句什么。

哦，即便是在城乡结合部，上海的早高峰时段，都是一派熙熙攘攘景象。

站在街沿边，雨越下越大，风雨裹挟在一起，像从天空上倾倒下来一般。索远喘了几口气，平静了一下心绪，重又骑上助动车，往厂里赶去。老板没给他规定时间，但他也不能迟到了。

水淋淋地走进厂总部的食堂，脱下雨披，甩了甩雨披上的水，他去找了个位置，买来一碗雪菜肉丝面，一块粢饭糕，坐下深长地呼出一口气。

狼吞虎咽地吃着早饭的时候，他又想起了老板。老板和他年岁相仿，世界经济危机袭来前的1997年创的业，十几年里创下这么大家业，现在仍天天穿着和厂里职工一样的服装上班，这几年里还和洋人合作上了，事业越做越大。索远认定了，只要跟着范老板干，这一辈子就有靠头和奔头。你看，就一个食堂，厂里一千几百职工，男男女女都喊满意。可不能让这样的老板小看了自己，留下了坏印象，那后果不堪设想。

吃完早饭，整整衣冠，下半截裤管全湿了，那没关系，证明他是顶风冒雨应招赶过来的。

坐电梯上了三楼，走进老板办公室，索远恭恭敬敬朝背对着门的老板叫了一声："范总，我来了。"

范总转过身来，把手中杯子放桌上，笑眯眯地扶了一下眼镜，白皙的脸上泛着红光，指了一下纯净水桶："索远，要喝水自己倒。"

"不渴,"索远站得直直地,"刚吃过早饭。"

"在食堂吃的?"

"是啊,吃完就上楼了。"

"你难得来,早点质量怎么样?"

"好啊!职工们都说,比外头摊点上的强多了。就冲有这么好的食堂,青工们都说愿在广惠好好干。"

范总不笑了,两眼望着扑在窗户上的雨,说:"食堂是有问题的。我经常在泔脚桶里,看见整只的、大半拉的白馒头。索远,我们年纪比他们大的,有责任给青工们说啊!这是粮食,是我们乡村父老种出来的,别以为在广惠打上了工,馒头便宜,就可以随便扔,随意糟蹋。你说是不是啊?瞧着我心痛啊!"

"是、是的,范总。"索远连声答应。这就是老板的可贵之处,他的身价该上亿了吧,天天在食堂里和职工们一起吃饭不算,进出食堂还留神姑娘小伙们扔掉的白馒头,这样的人不发,该叫什么样的人发啊!心底里,索远也放心了,难道范总把他特意叫来,是专门跟他讲"馒头问题"?不会吧。不过范总有心随口讲馒头问题,就证明事态并不严重,证明范总信任他。

范总一抬头,见他仍站着,连忙说:"我这么讲,是要跟你说,你是总领班,管着分厂那一摊。除了要管好生产、质量、节约原材料,青工们的思想教育,日常生活,也得管到位。有机会,给他们讲讲,中国十几亿人口,一人扔一个馒头,你想想。"

"那是、那是,范总,你叮嘱了,我会专门在分厂全体会上讲一讲。"索远连声答应,"我也是山区农村出来的,听父母讲过饥饿的滋味。"

范总坐到椅子上,也示意他坐,他在范总对面的椅子上坐下,看见范总又露出了笑脸,心里暗忖,这下,该谈正题了吧。

"索远,喊你来,是这样,"范总果然进入了正题,"一会儿,公安局和派出所会来人……"

103

索远吃了一惊:"公安?"

"没啥大事,"范总先宽他的心,"涉及分厂车间里两个女工,就是你管辖的流水线上的于美玉和雷巧女……"

"她俩?"

"是啊,"范总双肘交叉在办公桌上,沉吟着道,"桂花苑小区,前一阵发生的凶案,杀了一个高级陪酒女的事儿,你听说了吗?"

索远记起来了,这事儿就是住在桂花苑小区的于美玉最先告诉他的,说的时候,其他青工还不断地插话哩。他朝范总点头:"道听途说过。"

说话间索远记起来了,苗姑娘于美玉,和范总还是老乡,他们都是从贵州黔东南一个叫凯里的地方出来的,爱吃辣椒和酸汤,还有老腊肉。

范总的声音放低了一些,说:"公安锁定了,凶案是桂花苑小区两个保安干的,现在正在紧锣密鼓地追捕之中。排查中,他们了解到,为首的那个保安长得仪表堂堂,和多名打工女在一起耍过,也包括于美玉和雷巧女。"

"苗姑娘于美玉不是已经成上海媳妇了嘛!"索远表示不解,"嫁人有一段时间了。"

"所以我们得慎重。"范总颔首道,"贵州话中的这个'耍'字,可以做多种解释。既能理解为一般相识,一般的朋友,又能理解为在一起恋爱过。听说那个保安,仗着自己脸貌好,四处找女朋友,是个花花公子,来上海打工之前,在家乡县城里就曾被拘留过。公安掌握的,和他发生过性关系的打工女,就有头十个,以谈恋爱为名去过游戏机房、咖啡屋、娱乐场所的,不少于二三十个。于美玉和雷巧女也在名单之内。排查嘛,公安当然都要一一地筛过。"

索远倒抽了一口凉气,暗自忖度着,怪不得于美玉和雷巧女那么关注这起凶案。他吁了口气道:"还蛮复杂的。"

"是啊,打工族这个群体,人员构成的复杂性,远比我想象得还要多样,就拿我广惠厂这个上千人的打工队伍来说,大多数职工,由原先的亦工亦农转变为全职非农,由原先的城乡流动转变为融入上海,由原先的谋求生存转变为追求平等,追求生活质量,过好日子。这股势头像一股潮流啊!尤其是这些新生代。"

索远一句感慨,引来范总的一番思考,"他们已经不满足于进上海来'讨生活',像第一代农民工那样为了养家糊口,他们已经从向往上海生活,过渡到希望享受上海生活。他们不想赚了钱叶落归根回到家乡去,大多数人是想永远留在上海,做一个新上海人,跟所有体面的上海人一样,尽享上海生活的一切便利、舒适、安定。你我不也是这样吗,索远。"

"是啊,是啊!范总,不过你是成功人士,你已经是标标准准的新上海人,当上政协委员了。"索远望着范总脸上意味深长的笑容,连忙道,"思考得也比我深。你说吧,要我如何配合公安做于美玉和雷巧女的工作?"

范总扶了一把眼镜,摆了一下手道:"我已经给公安提了要求,让他们到分厂去找那两个女工时,不要穿公安的制服,不要引得厂里面议论纷纷……"

"范总想得周到。"

"你呢,在他们来之后,让于美玉和雷巧女分别到你的办公室去,把车间里的活安排好。"

"这个你尽管放心。范总。"

"不要让两个女工感觉有什么压力,尽量做得自然一些。毕竟,一个是新媳妇,一个还没成家呢。"

"是啊是啊,我完全理解范总的一番苦心。"

"不是苦心啊,索远。"范总仰起脸来,又朝窗外望去,窗外的大雨一点也没减弱的势头,风声也大,撞击得玻璃"嘭嘭"作响,"碰到这件事,让我想到,我这个老总,对厂里的一千多职工,了解实在是不多的呀。你也帮我想想,以后,我们如何来了解,比较深入地了解职工们的生活、思想、他们的交往、他们的欲望和理想,甚至他们的情感、家庭。现在,我突然感觉到,我和她们虽然同在一个厂里,同处上海社会,却生活在不同的世界……"

"范总,你现在的身价和地位,当然和我们生活在不同的世界啰!"索远想当然地道,"我们怎么和你相比?再说,这个事,毕竟是个个案嘛。充其量是两个女工,不说她们没犯事儿,就是惹上了事,也不怕。"

"你不怕?"范总转过脸来,两眼炯炯地盯着索远。索远陡地感到,范总镜片后面的一双目光,犀利而又尖锐地盯住了他,令他顿觉紧张不安。

"不怕,"索远故作坦然地笑道,"大不了,把她们除名嘛。我们广惠厂,本来就有厂规厂法。"

范总连连地摇头,摆着脑壳:"都是一天要吃三顿饭,在一张床上要睡一宿过日子的人,生活在同一个城市里,生活在上海,却感觉着是活在不同的世界,那么,潜伏的风险和冲突,就要引出社会矛盾来的呀。索远,你怎么样?我听说,你家里人,从家乡来了?"

索远大吃一惊,几乎从椅子上弹跳起来,他万没想到,范总天马行空,一会儿实,一会儿虚,仿佛从两个女工的事例上升到社会问题的深入探讨,一刹那间,又从哲学社会学层面,回到他家庭的烦恼上来了。他几乎是难以招架地讷讷道:

"是……是的,范总也听说了?"

"能不听说嘛,"范总站了起来,绕过办公桌,在办公室里来回走动起来,索远连忙也随之站起来。眼前这个人,是他的衣食父母,是他在上海这地方赖以立足的一切,别看他温文尔雅,面相和善,他一句话就能炒了索远的鱿鱼,一个决定就能断送索远打工多年争取来的一切。索远的目光追随着范总的脚步和身子的移动,不由有一种诚惶诚恐之感,范总停顿了一下说,"索领班,今年开春的全国人代会上,有代表当着全世界记者的面,说到临时夫妻这个话题,我当着政协委员,管着广惠这么一家不大不小的工厂,能不关注吗?我让人事部摸了一下厂里的底,就摸到你和麻丽的关系了。"

范总说到这里,停下来了,脸上挂着揶揄的笑,凝视着索远。

索远恨不得地上出现个洞,马上钻进去,他的脚跟里发起抖来:"范总,你在春天就晓得了?"

"你不要紧张,"范总举起手来,"厂里一千多职工,不止你们一对。我思考了,这一现象的产生,是开放的社会环境中,人们的一种生理的、心理的需求的反映,是不是啊?"

索远背脊上直冒冷汗:"感谢范总对我们的理解。"索远自己都觉得,他说话的声音像是在哀求。他真怕范总勃然变脸,疾言厉色地对他宣布一个冷不防的决定。那他就惨了,惨了呀!

"理解。"范总重复着他的话,"嗯,我是试着要理解你们。不瞒你说,我找过一对临时夫妻,分别询问了一下。一个对我坦言,正常男人,长期不碰女人,讲没有生理要求,那是自欺欺人,坦率吧。女方说得含蓄些,主要的是内心空虚,长期的一个人待着,到了夜深人静,到了双休日、节假日,渴望有个伴,哪怕说说话也好。现在比我们年轻些的这一代,就是这点好,直爽、坦白,有啥说啥。索远,听了他们的话,我多少有点理解了这一现象。故而,我没来找你,也不给你点穿。"

"谢,谢谢,谢谢范总。"索远不知说什么好。

"谢什么呀?"范总又问他一句。

索远又慌张了,只是尽力堆起笑容"嘿嘿、嘿嘿"地笑。

范总又踱了两步,说:"今天找你来,谈配合公安找两个女工调查的事,我顺便给你提一句,老婆、孩子来了,临时夫妻的事,你要处理好。千万不要闹'豁边'了,上海话'豁边',你懂不懂?"

"懂,范总我懂,我在上海也十多年了,懂一点。"索远的心头直打鼓,连声答应着,"家里、厂里,两头的事,我一定都处理好,处理好,想方设法处理好。"

说着,他羞愧难当地低垂下了头。

范总桌上的电话响了,这及时雨一样的电话啊,真像索远的一棵救命稻草。索远瞪直了双眼,目不转睛盯着电话机。呆了一般。

范总拿起桌上的话筒,说:"我是范爱农,公安的同志来了呀!好,你让他们上来吧,对,直接到我的办公室,哎,你身旁还有其他门卫吗？有,那好,你陪他们一起上来吧。"

挂断电话,范总仰起脸来,什么事儿也没有地笑着,对索远道:"他们来了。索远,你调整一下情绪,准备陪他们到分厂去。"

"哎。"索远提高嗓音答应着。

这个范总,真正是个人物。你看他,既没训他,又没责备他,该说的话又全说了,还让他心悦诚服地把一切都答应下来了。

答应是答应了,可怎么把临时夫妻这事儿处理好,索远心中真还一点儿都没底呢。

办公室外,响起了门卫的声音:"这儿,范总的办公室在这儿。"

十

车间里的流水线在有序地行进中,索远坐在麻丽的身后,把经麻丽检测过的合格产品装进塑料袋,让他身后的雷巧女装进小盒子,进一步完成包装程序。

进了车间之后,索远已分别和于美玉、雷巧女打了招呼,让她们先后到他领班的办公室去,有人找她们了解点儿情况。谈话期间,由索远直接替她俩顶班。雷巧女似乎听到了啥风声,一脸的紧张,光是埋着头动作僵硬地把产品塞进包装盒,时不时转脸扫一眼车间大门,看先去谈话的于美玉有没有出现。

索远的眼角同样时不时瞥她一下,虽然一句话不说,光看胸部鼓鼓的雷巧女的形体语言,索远都感觉得到她内心的不安。

不知情的麻丽坐在索远的前头,有一句没一句地和他搭话,双肩不住地颤动着。

"什么人找苗姑娘？神神秘秘的,有话还不能在车间说。"

"人家都嫁人了,你还称呼她姑娘。"索远所答非所问。

"你临时顶她一下,时间不长吧。"

"该不会长。"

"谈的话和我们有关吗?"这一句麻丽问得很轻,索远勉强才听清。

"我想是无关。"索远宽慰她。

"那是啥子事?"麻丽的声气又响亮了。

"和她婚前交友有关吧。"

"婚前交友?"

"嗯。"留神到雷巧女竖起耳朵在倾听,索远轻轻哼了一声。故意把话题岔开,"彭筑又来找过你吗?"

"没有。"麻丽闷闷地答了一句,停顿片刻,又说,"这龟儿子一定是裹了个小姐同到上海来的,还不知在哪个五星级宾馆花天酒地哩!"

"他没再提分手的事?"

"连电话也没打过来。"麻丽的语气里透着烦恼。沉寂了一阵,索远忍不住道:"你不觉得,他这趟来上海,情形有点怪吗?"

麻丽的双肩一颤,回了一下头:"我感觉到了,和大热天那次明显不同。就是猜不出,他那葫芦里装的啥子药。"

索远也是这么疑虑重重,他若和别的妖娆女人相好,又听到了麻丽的情况,想把麻丽一脚蹬开,那他就该步步紧逼,迫使麻丽乖乖就范,同意他的离婚要求。怎么会只是和麻丽打个照面,含糊其词、半真半假地说上几句,待一边去了呢?

在身后把产品装进纸盒的雷巧女终于忍不住了,轻声问索远:"领班,你说有人找我们问事情,是老板那儿的人,还是外边来的?"

"外边来的吧。"

"是哪家单位的?还是浜头镇上的?"

"可以算浜头镇的吧。"索远仰着脸说。公安来了两个人,一个是派出所的副所长,是个女的,名字也好记,叫蒋丹娜,很俏的,尤其是那双黑白分明的大眼睛,显出洞察纤毫的聪慧相。另一位是区局刑侦队的中年人,姓金,单名一个崧字,也给人印象深刻,少言寡语的,一脸的沉毅,让人觉得他善于思索。索远在接待他俩时,不由感到,上海的警察也与众不同,一点没给人英武强悍之感。派出所也算是镇上的,他就这么回答想打听点信息的雷巧女,说:"你不要有啥顾虑,了解情况嘛,无非和调研差不多。"

"调研?"雷巧女似有些听不懂。

"就是调查研究,有什么说什么。"

"不是呀!索领班,我进广惠厂干活,从来没遇到过这种事。"

"和广惠厂不相干。"

"那和啥事儿相关?"雷巧女追着往下问,说明她心头忐忑不安。

索远回过头,两眼望着这矮小敦实、胸部挺得高高的大脸盘姑娘,雷巧女连忙把慌乱的目光错开了。索远心里说,她是否猜到了一些啥?联想到她和于美玉每次都喋喋不休地重复唠叨桂花苑小区的凶杀案,看模样,公安指名道姓来找她俩,不是没有缘由的。索远笑了笑,宽她的心道:"我真不晓得。厂部通知我,让你们俩先后到办公室,和来的两个人谈一谈,我腾出办公室,就跑到车间来了。巧女,你别紧张,去了,你不就晓得了嘛。"

"可……"雷巧女还是忧心忡忡地,她又往车间大门口瞅一眼,"苗姑娘去了半天,怎么还不回来呢?"

索远也随之朝车间门口望去,这一望,他不由得笑出了声:"瞧,她不是回来了嘛!没事儿,你就去吧。"

说话间,于美玉低垂着头,正往车间大门口走来。

雷巧女丢下手中的硬纸盒,说:"那我就去啦!"

说着,她大步迎向于美玉。索远看着她拦住于美玉,问了一句什么,于美玉先是往车间流水线这儿瞅了一眼,简短说了一句,雷巧女愣怔了一下,走出车间去了。

于美玉走到流水线跟前来,索远离座起身,迎着她道:"来,你还是来干这活,我来顶雷巧女干。"

于美玉走近索远身旁,并不入座,眼神惶惶地瞥一下前头的麻丽肩膀,双眼噙着泪,哀求地道:"领班,求你件事。"

索远惊讶地,也放低了声音:"你尽管说。"

"今天这事儿,你得替我保密。"于美玉说话间,泪珠溢出了眼眶,她抹了抹泪,声音更低地说,"我那老公听说了,暴跳如雷地闹起来,我活不出来。"

说着,于美玉哽咽起来。

索远双眼定定地望着于美玉,猜想得到过去她同那保安有过恋情,用负责任的语气道:"你放心,我不会说三道四。你想嘛,你和雷巧女说这事的时候,我说过啥了?"

"多承你。"于美玉道谢地说了一声,一屁股坐在自己的工作台前。

两人近乎耳语的对话,让麻丽不安逸了,她肩膀一耸嚷嚷起来:"你们俩叽叽咕咕,打啥子哑谜啊?有啥子秘密防着我?"她显然带一点醋意了。

索远笑眯眯地俯下身去,双手扶住她浑圆的肩膀,在她耳畔道:"和你不相干。是于美玉和雷巧女居住在桂花苑小区邻里间的一点事儿。"

"真的?"麻丽将信将疑地斜了索远一眼,振振有词道,"邻居之间芝麻绿豆的小事,有啥不可以当众说的,弄得鬼鬼祟祟,像电视剧里在搞间谍。"

索远在她肩膀上亲昵地拍了两下,又在她身边悄声道:"会告诉你的,你别急。"

说着,他退至雷巧女的岗位上,把于美玉装进塑料袋的产品,一只一只麻利准确地装进小纸盒里。所有小纸盒装进纸板箱,再将纸板箱打包堆进仓库,那是流水线送到隔壁包装车间里的活了。

其实,索远并不晓得公安郑重其事地来找于美玉和雷巧女调查核实啥情况,不过从于美玉谈话回来的神情看,她俩肯定多多少少和桂花苑小区的那两个保安认识并有点儿瓜葛。也许正像职工们私底下传的,像雷巧女还是个姑娘,屁股那么大,乳房耸得那么高,早不是真正的处女了。如果那个犯案的保安真像人说的是个帅哥,雷巧女和他有过一腿也说不定。这些打工女群体啊,索远天天在生产上管着她们,可对她们的心理、她们的生活、她们下班之后干些啥,尤其是对她们的感情世界,他都是不甚了了的呀。一会儿,等雷巧女谈完话回来,去送走金崧和蒋丹娜时,真该问他俩一下两个姑娘在桂花苑小区的表现。还是范总厉害啊,他一下子就看清了问题的实质,提出了要对广惠厂职工增加了解的话题。在向往城市生活朝享受上海生活过渡的期间,包括索远自己的身上,还会有多少烦恼和意想不到的事情发生啊。能想象吗?于美玉这样一个来自苗寨的上海新媳妇,比她年龄更小的雷巧女,会卷入和凶案有关的瓜葛。

雷巧女去和两位公安交谈的时间,比于美玉的还要长。她回车间来时,眼圈红红的,显然哭泣过,哭得还很凶。来到流水线旁时,她对索远说:"他们在等你,索领班。"索远见她一脸沮丧的样子,关切地问她:"你要休息一会儿吗?"

雷巧女说不用了。说话间于美玉不时地回头,显然想问她什么话。

索远离开车间回到自己的办公室,金崧和蒋丹娜分别和他握手,向他表示感谢。不待索远发问,蒋丹娜就主动告诉他,来之前,他们已经在桂花苑小区里了解到,这两位女性分别都同凶案的主要嫌疑人,那个外貌长得十分英俊的保安谈过恋爱。那个家伙玩弄过她们。当面一接触,深入地了解过后,现在看来,那个相貌堂堂的保安完全是仗着自己的帅气,以恋爱为名,蓄意地在玩弄这些单纯的打工女子,怪不得这两个姑娘的。据他们掌握,在分别和她们俩所谓恋爱的同时,这个流氓成性的保安,同时还和几位姑娘保持着所谓的恋爱关系,这家伙爱摆阔气,出手大方,又长着一副迷人的外表,很容易迷惑人。

索远忍不住打听:"她们和案子有关吗?"他最关心的是这一点。

"和案子无关,"金崧插话道,"我们来找小于和小雷,是想让她俩回忆一下,过去在和嫌疑人所谓谈恋爱时,听他说起过在上海和外地有哪些朋友、亲戚关系。"

蒋丹娜笑吟吟地道:"大侦探的直觉就是厉害,谈下来还是挺有收获的。是吗?金崧。"

金崧沉思着点了一下头。看得出两人很熟。

听说两个女工和案子无关,索远心里顿觉轻松了许多。范总问起来,他也好说多了。热情地把两位客人送到分厂门口,小小的门房间里有人喊了一声:"索厂长,有人找。"

索远答应了一声,和金崧与蒋丹娜再次握手,挥手告别。

一辆镇上的小车拐过来,两人上了车,开走了。

索远站定下来,双眼望着小门紧闭的门房间。雨停了,湿度还是很大,空气里满是潮润的气息。是什么人事先不打个招呼,直接找到分厂门口来呢?

小门响了一下,打开了。门房间里走出一个紫红色脸膛的汉子,似笑非笑地盯着索远。

索远不由怔住了。

这不是彭筑嘛!

他迟疑地盯着来人:"你是找……我?"

"不认识吗?"彭筑以一股居高临下的派头,慢悠悠地问。

索远装作尽力思索的模样,他没和彭筑正式照过面,只是在没和麻丽组成临时夫妻之前,他到厂里来找麻丽,他从侧面、远处见过这个包工头。索远决定把糊涂装到底,他摇了摇头。

门房间里探出一张国字脸,那是分厂的门卫,手里挟着一支烟,恍然大悟地说:

"你不认识索厂长啊,我还以为你们是老朋友。去去去,少在这里装。"

彭筑朝索远跟前走了两步,眼角都没朝门卫扫一下,睁大了一对小眼睛,对索远道:

"索厂长,你不认识我,我认识你呀!我一说我是谁,你也就认识了。"

"你是……"索远不想做得太过分,放缓了询问的语气。

"我是麻丽的丈夫,我姓彭。"

索远这次看得更清楚了,彭筑不但有一张总是喝多了酒一样的红脸膛,还长着一对没睡醒般的小眼睛,脸色憔悴,显出一副疲惫之态。索远有几分自得自足,别看这家伙是个包工头,腰缠万贯,仅从相貌看,他差自己远着哪!麻丽愿意和自己相好,实心实意做临时夫妻,自己的身材仪表也是一个原因吧。这个家伙,刚才顶班干活时还在问麻丽呢,怎么不见影踪?没想到找上门来了。索远不卑不亢地说:"麻丽在上班,她……"

"我不找麻丽,"彭筑态度坚决地一挥手,有气势地伸出食指,直指着索远,语气粗暴地道,"你别装蒜了!我就找你,索远索厂长,你爬得真快啊!当厂长了。"

最后那一句,彭筑明显地含着讥讽。

"找我什么事儿?"索远稳稳地站着,准备接招。

彭筑龇了龇牙,一手撑在腰间,趾高气扬地说:"要和你谈谈。"

"谈啥?"

"你比我更清楚。"

国字脸的门房抢前一步,请示般插进话来:"索厂长,要不要我喊麻丽出来?"他这会儿的立场完全站到索远这边来了。

"没这个必要!"彭筑的手搭上门卫的肩,不重不轻地一推,"滚一边去,你少管闲事。"

"你敢打人!"门卫恼怒地一捋袖管,提高了嗓门道,"老子也不是吃素的。"说完几步冲进门房,提了一根棍子出来。

索远朝门卫轻轻一摆手:"算了。职工的家属嘛。这样吧,你要约我谈谈,可以。只是,这会儿是上班时间,你也看到了,我忙,办公室里还有一堆事。我们另约时间,怎么样?"

"行啊,"彭筑也不想闹事儿,他用息事宁人的语气道,"本来嘛,找到这儿来,我就是想和你约个时间、地点,单独谈谈,并不是要让你下不来台。你应该知道。"说完话他把手一摆。

索远听得出他语气里威胁的成分,点一下头道:

"行,时间、地点由你定,只要不是上班时间,我都能去。"

国字脸的门卫瞪大眼狐疑地望着索远,眼神似在提醒索远要防着点儿。

彭筑皮笑肉不笑地说:"那就不枉我专程跑这一趟了。说定了,今晚七点,就在隐声茶楼,不见不散。"

索远重复了一句:"隐声茶楼,在哪儿?"

彭筑皱着眉,语气带点不屑地:"就在浜头镇牌楼外边的大街上,我在二楼上恭候。"

让他一提醒,索远想起来了,这是浜头古镇修缮后建起的一座古色古香的茶楼,比浜头镇上的莲香楼规模大。他爽快地一摆手:"好,我准时赴约。"

"不见不散。"彭筑重复地说着,习惯地想伸出手来握一下,伸到一半,他感觉到了不妥,双手一抱拳,转身朝厂房门外走去。

国字脸门卫朝索远身边凑凑,两眼盯着彭筑的背影走出厂门,悄声用提醒的语气对索远道:

"索厂长,你不能去啊。"

索远转过脸,两眼望着门卫:"他是条狗?会咬我?"

"只怕他比狗更凶哪,"门卫不无担忧地望着彭筑消失在厂门外的背影,放低了声音道,"刚才你出来送客之前,这家伙在我的门房间里吹了一会儿,路道粗得很!我是怕你,一个人去了隐声茶楼,吃亏啊!"

索远坦然地笑了起来:"朗朗乾坤,茶楼也是公众场合,他能把我怎么样?身正不怕影子歪嘛。"

门卫的国字脸上挂着显而易见的狐疑神情,摇摇头走回小小的门房间。

午餐时分,索远自个儿正在吃饭,麻丽端着餐盘,往他对面一放,坐下来拿筷子朝他点了点,直截了当地问:

"彭筑到了厂门口,你怎么不喊我?"

"他指名道姓说找的是我,不要见你。"索远边舀汤喝,边平静地说。

"他要你去茶楼?"

"你都晓得了。"

"门房师傅好心,专门跑进车间找我。索远,我跟你早说了,人家都晓得我们的关系。他是怕你去了要吃大亏。"

"你也这么认为?"

"是啊,你不要去。"麻丽的态度十分鲜明,"这个龟儿子,你不清楚,他啥子脏话都说得出口,啥子丑事都干得出来,我比你更晓得他的底细,我怕……再说了,索远,我是他老婆,要解决的,是他和我的关系,不是你和他的关系,你没必要去。"

麻丽一口饭不吃,滔滔不绝说了一堆。

索远搁下手中的筷子:"没这么严重吧。我答应他了……"

"那有啥关系?我有他手机,你随便找个理由,就不要去了。"

索远摇头:"麻丽,我晓得你是为我着想,怕我吃亏,怕我挨他的骂,遭他的打,是不是?"

麻丽双眼噙着泪:"你是不晓得他。他恶起来,啥子手段都耍得出来。"

索远指了指餐盘,说:"你吃饭,边吃边说。那是你的担心,不过,不用怕。男人同男人之间,有自己的方式,我答应了他,临时变卦,缩头缩脚、畏首畏尾,显得我好像理亏了。他四处去放风,往后我要被人耻笑。"

"随人家背后说去……"

"那不行!"

"索远,"麻丽的手伸过来,一把抓住索远的手腕,颤声说道,"我是怕你被他打断了腿,打伤了人呀!"

索远感觉到,周围餐桌上的目光都朝他俩扫过来。他刚一转过脸去,麻丽也意识到了自己的失态,连忙低下头,刨了两口饭。

索远知道麻丽川妹子的性格也露出来了,他朝麻丽笑了笑道:

"那个隐声茶楼,也是大马路上一个高雅的地方,听说喝杯茶的价格,当得打工族一顿饭哩,由不得人胡作非为的。你放心吧。"

麻丽抬起头来,咀嚼着嘴里的饭菜,两眼愣怔地盯着索远。三年多来,索远天天和她生活在一起,知道这是麻丽要下决心的表示。果然,吞咽下嘴里的饭菜,麻丽迅疾地舀了两瓢汤喝,随之把小勺一放,轻轻拍了下餐桌:"你非要去,我和你一起去!"

"那不行,"索远连连摇头,"你没见他那态度,他根本不想见你!"

"你是说,他是下定了决心要同我离婚了?"麻丽双手扶着桌沿,倾身向前问。

索远点头。

"那我更得去。"麻丽似乎想通了,"我不进茶楼也行,就在茶楼附近等着,拿着手机,你一感觉到有情况,马上拨我手机。"

索远想说,真有意外发生,你一个女子,能有什么办法?不过他看到麻丽幽深的双眼泪汪汪地盯着自己,一往情深的关切模样,到嘴边的话咽了回去。想阻止她去,也是挡不住的。他想了一想,说:

"行,就照你说的。你也去,但你一定得沉住气,不要轻易闯进来。"

"好嘛!我们保持密切的联络。"麻丽的脸色缓和下来,埋下头去吃饭,"到时间,我们一道去。"

十一

台风"菲特"发威了,风狂雨猛,好像要把大夏天里酷暑蓄积的雨水,全都倾泻到上海的地面上。

路灯昏黄的光影里,骤雨击打着马路,溅起无数的水花水朵,雨丝飘飞,雨帘随风横掠,雨水迅速地汇成大股小股的水流,沿着马路两侧,紧挨着街沿往阴沟里滚落。

索远驾驶着助动车,紧随着下班时分的车流,向隐声茶楼驶去。他穿着雨披,出门前把帽子系严实了,一点也不起作用。迎面扫过来的风雨,顷刻工夫把他的头脸全打湿了。

"慢一点,亲爱的,你掌稳车龙头,开慢一点。"麻丽紧贴着他后背,双手搂住了他腰肢,脸侧过来贴在他后肩上,不住地叮嘱他,"迟到一点,让他等等也没关系的。"

下班之后,麻丽买了两份晚餐,执意要让索远到她的住处,共同去吃晚饭。到了她住的小屋,她把食堂买来的菜肴加热以后,放了点川味佐料,又加了加工,还放个酸汤。饭菜的口味果真比食堂里美多了。

吃了晚饭,离七点还早,碗筷都顾不上收拾,她紧搂着索远不放,一再地担心索远的安全,不断地唠叨着怕彭筑恶从胆边生,在茶楼里雇了人,对索远下毒手。索远说她是过分担忧,是妇人之见,她还哭了,热辣辣的泪水糊满了索远的脸庞。索远为她的真情感动,表示自己进了茶楼,一定会高度警惕,眼观六路,耳听八方,一有啥不好的兆头,他就给她拨手机。说着说着,又把麻丽说得破涕为笑,捧着他脸一阵亲。她还责备自己,找了个这样的无赖丈夫,给索远惹出这么大的祸事来。索远看得出,她是从心底里害怕他有个什么三长两短。她爱他。

时间到了,雨势越来越大。风雨摇撼着麻丽浜中村的这幢农家屋,流水声、屋檐水的滴落声、沟渠里的淌水声,伴着不时响起的惊天动地的轰雷声,仿佛要撕裂天地的霹雳,喧嚣不绝。麻丽说雨太大了,等雨小一些再走。索远看着手表不答应,他说既然说定了,就得准时到,执意要走。他的态度很坚决。

麻丽无奈,两人穿上了雨披,下楼来发动了车子。

风声雨声把下班的高峰时段也推迟了,马路上到处是车,是赶路和避雨的行人,索远的助动车在一片不绝于耳的车铃声、喇叭声、雷雨声交杂的喧嚣中渐渐驶近了隐声茶楼。

他把着车龙头,回了一下头,大声地问麻丽:"你在哪儿下?"

麻丽的手指向马路边一家灯火通明的工艺品店面:"你在那儿停,我就待在那家店里。"

索远定睛瞅了一眼,透过雨帘,只见小店门口站了几个避雨的行人,小店里面没几个人,他把车停下了。

麻丽搂着他的双手在他腹部用力压了压,不舍得地拍了两下,下了车,小跑着进了工艺品商店。

索远没马上离去,只见麻丽站停下来,回转身子,掀了一下雨帽,撩了撩满脸的雨水,朝他挥了挥手。

这个女人真是爱他。索远的心头一热,掉转车头,直往隐声茶楼开过去。

隐声茶楼的门口台阶上,影影绰绰站了一片躲雨的行人。索远停好助动车,走进茶楼,楼厅里茶客寥寥。索远瞅一眼手表,七点还差两分,还好,他没迟到。他折叠起雨披,塞进随身带着的小塑料袋,抖了抖淋湿了的广惠厂统一的工作服裤管,楼梯口一位身穿紫色旗袍的小姐朝他迎面走来:

"先生,你来定位吗?"

人家把他当作先到茶楼来定座位的客了,索远摆一摆手:

"我找彭老板,他来了吗?"

"请随我来。"小姐彬彬有礼地一展手臂,丝绸旗袍上镶着的珠扣闪闪放光,带头走向楼梯,"彭老板早到了。"

索远心里说,幸好没迟到。他不希望彭筑在这一点上藐视他。

二楼的几排茶座上,也没什么客人。礼仪小姐领着索远穿过一条铺着地毯的走廊,走进一个包间,又把修长的手臂一展:"先生,请!"

索远无声地道了个谢,走进了包间。

彭筑跷着二郎腿,坐在红木椅子上抽烟,一眼看清了索远,左手夸张地举得高高招呼道:

"索远,索领班,索厂长,下这么大的雨,我总以为你要晚一点到,没想到你这么准时,来来来,坐,请坐,请用水果!"

他重重地按熄了烟蒂,手指向茶几上一大盘切好摆成花案的水果,然后端起一把茶壶,往小杯子里斟茶。

索远在他对面的椅子上坐下,看着和今天上午在厂门口见到的态度决然不同的彭筑,猜测着这家伙的用心。

"晚饭吃了吗?"

"吃了。"

"广惠厂效益不错,听说新厂房都盖了起来,还同美国人合作,你们范总有办法。"彭筑笑呵呵的,"你索远跟着范总,干了这么些年,也混得不错啊!哈哈,来,尝一点水果,这是台湾的火龙果,你尝一块。"

说着,他先挑了一块火龙果,送进自己嘴里,津津有味地咀嚼着。

索远拗不过他的热情,也用牙签叉了一小块火龙果吃。

这是一个雅致的小包房,一屋都是红木陈设,高低茶几、靠背椅、太师椅上都置放着丝绸坐垫,金光闪闪,窗纱雪白,和深沉的红木家具形成鲜明的对比。

置身于这个包间里,和刚才马路上的嘈杂喧闹形成一个强烈的对比。坐在这里,连外面的风雨声也听得不很清楚了。索远端坐在椅子上,全神贯注地来应付麻丽的这个老公。

"索远啊，我约你到这里来，是想平心静气地和你聊聊，做一番他们说的，叫什么，男人和男人的对话。"彭筑又选了一片苹果，边吃边道，"没别的意思，完全没别的意思。出差到上海来，我是想像以往一样，让麻丽到宾馆来聚一聚，享受几天，她打工也辛苦了。哪里知道，谈一笔大生意的同时，我就听到了她和你的事情，跟你讲老实话，我当时脸上就挂不住了，妈的，给我戴上绿帽子了！这还了得啊，他妈的，我火冒三丈，打人的念头都有，这绝不是吹得。"

没说几句话，彭筑就露出了凶神恶煞的脸色，鼻腔里呼呼地出气，两眼瞪得直直的，一对绿豆眼睛似要从眼眶里弹出来，嘴巴里直冒酒气。

索远的双手紧把着红木椅子的扶手，时刻提防着包间内外的动静。

雅致的室内静悄悄的，能听到风雨扑打着窗户的"啪啪"声。

彭筑的手往索远脸上一指："你别慌，你碰到了这种事，同样也会怒火中烧的，对不对，男人嘛！喝茶，喝茶，我点的是金骏眉，这里什么名贵的茶叶都有，你想喝什么，我还可以点安吉白茶、普洱、铁观音、冻顶乌龙、大红袍。这茶馆是我朋友开的，他是弄来玩玩，给他小老婆散散心的。想喝什么，你尽管开口。"

索远从他不时变幻的态度和语无伦次的话语中，还是看出了他想要炫耀的心态。同样是老板，和已是亿万身价的广惠范总比起来，彭筑就显得浅薄多了。他端起小杯子，把彭筑给他斟的茶，一饮而尽。

刚放下小杯，彭筑又端起茶壶，给他满满斟了一杯，放下茶壶的同时，他两眼盯住索远，问："怎么样？这个茶味。"

"不错。"

"那就多喝一点。"彭筑又指了指杯子，"转念一想，我也不能听到风就是雨，得摸一摸实情。毕竟，和麻丽分居两地，她恋着广惠厂的工作，我忙着在工地上当包工头，一年见不上几面，得弄弄清楚。这一摸情况啊，索远，我就知道有你这个人了，你拐了我的老婆麻丽。"

说着，彭筑的两道目光，箭似的扫到索远的脸上。

索远招架不住了,连忙错开他犀利的目光,勉强一笑道:"你说哪儿去了。"

"你还不承认?"彭筑伸出右手的食指,指尖上蜡黄一片,他用烟熏黄了的食指朝着索远狠狠地点了几下,"你还敢不承认?"

"你摸到了啥情况?"

"你们住在同一个屋檐下,做成了一对临时夫妻!"

"我们没住在一起。"索远申辩似的说了一句,不过说话的底气不足,"你可以调查。"

"那是你老婆、女儿来了之后,麻丽才搬出浜头村的。"彭筑把自己面前的一小杯茶,一饮而尽,然后又斟了一杯茶,一对小眼睛发红地盯住了索远,"难道不是这样吗?"

"呃……"彭筑了解得这么一清二楚,是索远想不到的。他感到有些狼狈了。

彭筑往椅背上一靠,从烟盒里抽出一支烟,往索远面前递了递,索远连忙摇手。他把烟往嘴上一塞,揿亮打火机点烟,索远看得分明,他抽的是中华烟,软壳中华。

彭筑狠吸了一口烟,徐徐地把烟圈吐出来,放缓了语气道:"今天上午,我就对你说了,索远,你不要装,我都知道了,我都调查了解清楚了,你何必装糊涂呢!是不是啊?"

他的脑袋往右侧一歪,眯缝起一对小眼睛,带着一点欣赏的模样,透过吐出的烟雾望定了索远。

从走进这间包房,索远始终处于被动的地位,他始终在招架,在忍受彭筑不停地数落、讥诮、埋怨。他坐在椅子上,有一种被人当众抽了耳光的感觉。他唯一的自信,唯一的底气,是麻丽的爱,麻丽的感情是倾向他的。他愣怔地望着彭筑,不知用什么话来回答彭筑,更弄不明白彭筑说这一番话的意图何在。彭筑把自己专门约到这儿来,就是为了向他发泄一通,把他臭骂一顿?

正在暗自思忖、如坐针毡之际,彭筑侧转身子,从他放在椅子上的一只老板小包内,拿出一只信封,"啪"的一声,丢在索远面前的茶几上,说:

"你自己看吧!"

索远正要伸手取信封,揣在兜里的手机轻响了一下,他边摸出手机边对彭筑说:"对不起。"

是麻丽发来的短信:"怎么样?"

索远在屏面上迅疾地写了六个字:"一切正常,放心。"

和麻丽担心的他会被人毒打相比,他认为情况尚属正常。

正要把手机放在茶几上,麻丽紧接着一条短信又发过来了,只有一个标点符号:?

索远不再回这条短信,他把手机揣回兜里,拿起彭筑丢出来的信封,打开来看。

信封里装了七八张照片。

看到头一张照片,索远的头顿时"轰"地一热,脸皮随之绷紧,双眼也瞪直了。照片上是浜头村祝婶租给他和麻丽的那间屋子,显然是天气还热的时候照下来的,在哪个休息天索远都记不起了。整个夏天,天气太热,只要是在家中吃饭,他和麻丽都把桌椅移到离门近的地方,这样可以凉快一点。照片上是他和麻丽像小两口一般在吃饭,随便什么人看到这张照片,都不会怀疑这不是一家子。自在、自然、随意。

第二张照片是在院子里,站着的麻丽在晾衣裳,他在看一本书。单独看这张照片说明不了什么问题,麻丽站在晾衣绳边,他呢,坐在院子一侧的角落里,捧着一本书在读。联系前后的照片看,那就一目了然了。

第三张照片一定是偷拍的,大热天里,门窗都大敞着,他和麻丽双双躺在床上午睡,衣裳穿得都极少。他是短裤打赤膊,麻丽呢,贴身小褂子和花衬裤。

还有第四张、第五张……索远凝视着这七八张照片,忽然觉得有一张无形的网把他给紧紧地罩住了,网上的绳索在不知不觉地抽紧,使他感觉有种喘不过气来的窒息。这么说,这么说,完全不像彭筑表面上说的,是他这次回上海谈生意才察觉了麻丽的出轨,早在大热天里,他就拿到了证据。那他为啥要装着才知道? 为啥拖到这个时候来找麻烦?

索远有一种被彭筑扼住了喉咙的惊慌。他把照片理整齐,重又塞进信封。

"你要把照片拿回去,给麻丽看看也可以。"彭筑得意扬扬地说,"我制作了几套,你告诉麻丽不要撕,撕也是白撕。"

索远抬起头来,他在惊讶彭筑如此沉得住气,麻丽背叛了他,他却像没事人似的。索远舔了一下嘴唇,问:

"你想怎么办?"说着他把照片揣进衣兜。

"我能怎么办?"彭筑两只小眼睛上面的两条浓黑的眉毛扬得高高的,他的双手无奈地一摊,说,"老婆跟你跑了,我还能要她吗? 你回去告诉她,不是我不仗义,到了上海,不叫她到宾馆来享受,来尽老婆的义务,是她失节在先。我喊你来,是想告诉你,索远索厂长,你睡了她,你了解她吗? 你知道她的底牌吗?"

"底牌?"

"你知道吗? 她从来就是个烂货,嫁给我的时候,就是个破屁股、二手货,也许连二手货都算不上。"彭筑又像被点燃的炮仗样暴跳如雷地破口大骂起来,"17岁,不到结婚年龄,她就被家里换妻,嫁给了一个乡干部的跛脚儿子,他们四川叫子。她自持花容月貌,实在看不上又丑又懒的子,不到20岁跑去海南、深圳打工,打了两年工总算被她离成了婚,她又以黄花闺女的身份和人玩了起来。认识我的时候,她百般乖巧啊,处处讨好我,依着我,我看她年轻貌美,以为她是黄毛丫头,是个城里人说的不懂啥叫恋爱的乡村姑娘,纯朴。嘿嘿,哪晓得,上他妈的大当啊! 结婚当晚,我就晓得了她是被人玩过的,一顿耳光,她眼泪鼻涕一大堆,给我哭诉了山乡农村家中贫困,为让哥哥讨到婆娘,无奈换妻当了子的老婆。我被她哭得心软,相信了她狗日的。"

彭筑狠狠地吸了一口烟屁股,龇牙咧嘴地继续道:

"哪晓得她那热乎乎的眼泪都是假惺惺挤出来的呀!"

彭筑气急败坏地吼叫起来,连声喘着粗气。

索远直听得惊心动魄,怔在那里。他遵从临时夫妻的规则,从未打听过麻丽的过去,就像麻丽从来没有向他提问过和但平平是如何相恋成亲的一样。他真没想到,麻丽有这么样一个青春。她曾经遭过多少罪啊?

"哎唷,老公,有话好好说嘛!"门口传进来嗲声嗲气的一个嗓音,索远猛地转过身去,只见一个长发飘逸、涂脂抹粉的漂亮女子,扭着腰肢走进了包间。她斜乜了索远一眼,扬起手来招了招,走过索远身旁时,飘过来一阵浓烈的香水味儿。她径直走到彭筑身前,把他的大腿一扳,一屁股坐在彭筑的大腿上,两条手臂往彭筑的脖子里一环,抱住了彭筑的脑袋,就把自己白皙粉嫩的脸往他的紫红脸膛上靠去:"生这么大的气干啥呀?"

彭筑一见了她,两只小眼睛顿时眯成了两条缝,怒不可遏的脸堆成了一团笑纹,说话的声音拖得又长又软:

"唷唷唷,我的乖乖,我是谈正经事。你等不及了?"

说着,他伸出两根手指,捏住了女人的鼻尖摇了摇。

女人长长地"嗯"了一声,身子一扭,脸一歪:"那你什么时候带我去五星级宾馆呀?"

"一会儿就去,我这儿半个小时就完了,你再到隔壁玩会儿电脑。"彭筑的眼角斜了索远一下,又从果盘里叉起一瓣橙子,送进女人嘴里,"来,尝一块,很甜的赣南脐橙,老板说是正宗的。"

女人神态夸张地大口咀嚼着,边吃边道:"好吃、好吃!你快点啊!游戏我都玩厌了。"

说着,又把粉脸往彭筑额头上靠了靠,溜下他大腿,退了出去。

索远凝神屏息,瞠目结舌地目睹了这一幕,原来是这样!彭筑早拐上了这么一个妖娆、比麻丽还要年轻、媚态十足的西北女子了,索远从她的口音中,听出了浓重的西北普通话。怪不得,知道了他和麻丽的关系,他那样子满不在乎。

"哈哈,你看到了吧,索远。"彭筑干咳了两声,端起小杯子呷一口茶,手朝女子退出的方向指了指,"女人嘛!就是这么个德行,只要老子手里有大把的钱,想怎么玩就怎么玩。你和麻丽玩上了,临时夫妻同居了三年,老子我也不会要她了!今年老家发生的事,让我彻底寒了心。就是上个月,彭飞在学校里摔伤了,动手术要输血,我接到河南光山老人的电话,飞回去给亲生儿子输血,你猜是怎么回事?"

索远疑惑地望着脸色又涨成紫红色的彭筑,摇了摇头。

彭筑重重地一个巴掌拍在茶几上:"一验血,血型不对。他妈的,老子给她麻丽整整骗了十多年啊!我一直以为彭飞是我们俩的亲生儿子,哪晓得这是她不晓得和什么野男人怀上的。当着医生护士和乡里亲属的面,索远,我当时杀人的念头都有啊!"

索远听呆了,面对声嘶力竭的彭筑,他声音暗涩地问:"这事儿,你给麻丽说了吗?"

"说了,怎么没说,就是这一回,听说了你和她的事,我把她喊到浜头镇上摊牌,当面给她点穿的。"彭筑愤愤地道,"她没给你讲吧,她当然不会给你讲,这是她年轻时做下的丑事,见不得人的事,她会讲吗?她有脸讲吗?不过,我给她说了,彭飞是我的父母拉扯大的,我的爹妈对他有感情,他们对我说,小孩是无辜的,这事儿不要怪罪到小孩头上,他还是我们的孙子。我听从了父母的话,对麻丽也明确说了,从今往后,她愿意给彭飞汇钱,尽一份当妈的责任,悉听尊便。她不再寄钱,也可以,我和我爹妈,照样会把彭飞拉扯大。不过,我和她的夫妻情分,算是完了。彭飞和她,也不存在任何关系了。"

索远记得,在麻丽说的和彭筑在莲香楼酒楼讲的事情中,有过这个话。但是,麻丽没对他说及,在河南光山婆家的彭飞,不是彭筑血缘上的儿子。那么,彭飞是麻丽和哪个男人生的儿子呢?

血在往索远的头顶上涌,他的脸色不知不觉间也涨红了。看来,对于和他做成了足有三年临时夫妻的麻丽,他确实是不知情、不了解底细的。这个女人比他想象得复杂得多。

"这会儿,你该明白了吧。"彭筑的语气缓和下来了,他又端起茶壶斟茶,脸却仰起来,一对小眼睛闪闪放光地盯着索远,"我把不管你晓得还是不晓得的情况,全都跟你说了。不管你索远从今往后,是同麻丽好下去,还是和她各走各的路,我和麻丽打离婚,分手两清,她别想从我的腰包里拿到哪怕是一分钱。你明白了吗?索厂长!"

索远嘴角一掀,几乎要嘲弄地笑出声来,彭筑反复地不厌其烦地说这番话,好像他索远和麻丽相好,是为了从麻丽和彭筑的离婚中分到他彭老板的一半财产似的。真是笑话!索远压根儿没朝这上头想过。这家伙真个是狗眼看人低。

"你别误会,索远,我不是吃醋。把你叫来,纯粹是男子汉和男子汉之间,开诚布公地摆明了谈。这一趟是来不及了,"彭筑说着,连连地甩着手,"明天我就要回去,老子银川工地还有一大摊的事,麻丽我也不见了,你给我传个话,明天就对她说,等我下次来上海,要离婚、要分手、要办手续,我们刮拉松脆,快刀斩乱麻,全部办清爽。行不行啊?索厂长。"

说着,彭筑离座站了起来。

虽觉得莫名其妙,索远还是明白,彭筑郑重其事专程找到厂里约他,把他喊到隐声茶楼,喝这一通茶,是趁他逮着了麻丽的短处,要在和麻丽离婚时,保住他的那一份当多年包工头赚的钱。积攒的财产,不能被麻丽分了一半去。知道他和麻丽是临时夫妻,彭筑处心积虑地给他先声夺人地打个招呼。

索远跟着站起来,说:"那我就走了。"

"不送不送。"彭筑一挥手,"记着把我的话传给麻丽。小姐,埋单。"

沿着隐声茶楼的走廊来到楼梯口,步下抹拭得一尘不染、铺着层薄毯的楼梯,索远只觉得喝这几小杯茶,脑子里杂乱地装了一大堆印象,联系彭筑一会儿粗声大气,一会儿滔滔不绝说的那一番话,只觉得似真似假、光怪陆离、眩晕刺激。尤其是他说到的麻丽的往事,还有那个妖里怪气飘然而至又悠然离去的西北女子,让索远直想静静地坐下来好好地思考一下,认真地想一想。

走进茶楼之前的那场疾风骤雨似已停了,屋檐还在滴滴答答地淌水,人行道上的行人都已不再撑雨伞。

索远走出隐声茶楼,长长地吁了一口气。和彭筑这个情敌相对而坐地说这一番话,实在是憋气得很,极不舒服,心头堵得慌。

马路上的车流稀疏得多了。索远辨认了一下方向,人行横道线就在右侧不远,麻丽待着的工艺品小商店,在马路对面仍然灯火通明。他去茶楼的停车处推出助动车,沿着人行横道穿马路过去。

刚把助动车推上街沿,看见他过马路的麻丽已经迎面走来:

"谈得怎么样?"麻丽急不可待地问。

索远定睛瞅了麻丽一眼:"一言难尽啊。"

敏感的麻丽迎着他的目光,眼波一闪,放低了声音,警觉地问:"他一定是说我坏话了,是不?"

索远从工作服宽大的衣兜里掏出装了照片的信封,说:"你先看看这再说吧。"

麻丽借着从一家手机商店里流泻出的雪亮灯光,抽出照片一看,脸色顿时变了,她以极快的速度翻看一遍,偏转脸问:

"这是彭筑拿出来的?"

索远点头:"他印了好几套。"

"他想干啥子?是要和我离婚?离婚他为什么要找你,他该找我,拿给我看啊!他是威胁你?"麻丽的脑子里猜测一个连一个。

"也有这意思,"索远冷静多了,他沉思着道,"拿给我看了,又叫我拿来给你看,意思是逮着了我们的短处。"

"短处?哼!"麻丽不屑地哼了一声,"他做下的那些事,以为我不晓得。"

索远的双手把着助动车龙头,道:"你晓得,只是感觉,只是风闻,只是传说,你没证据。麻丽我问你,今年夏天,我记得彭筑也回过上海一次,那次是什么时候?"

麻丽仰起头来,翻了翻眼皮想了想:"立秋前后。"

"是前还是后?"

"这很重要吗?"

"很重要。我记得,那次他来,一到就把电话打来,把你喊到豪华的星级宾馆去了。"

麻丽斜了索远一眼:"你受不了啦?受刺激了?你们男人啊,就是把这种事记得牢。"

索远摆手,说:"不是记得牢,这是关键。你再细想想,是立秋前还是后?"

"是立秋后,我记起来了。那几天全上海都热得像巨大的蒸笼一般,人人都在喊,受不了啦,热煞人啦!"麻丽回想着说,"不少老上海人凭老经验,都在说,立秋之后就好了,立了秋,再热,早晚总会凉快点,祝婶都说过这话,她说会有风,你记得吗?"

"嗯,记得。"

"结果呢?立了秋,不但白天照样越来越热、越来越闷,早晚仍旧没有风,凉不下来。"麻丽两道弯长的眉毛一扬,兴奋地说,"连祝婶这样的小气老太婆,都说要买空调来享受了。索远,我可以肯定,彭筑是立秋之后来的。"

"嗯,"索远同样在尽力思索,他的双眼望着手机商店时尚的橱窗,放低嗓音问,"麻丽,住进宾馆,你们有过性生活吗?"

麻丽遭受了奇耻大辱一般,狠狠地一跺脚,伸手过来就在索远身上拧了一把:"我算看透了,你们男人,骨子里都下流。"

索远在被拧的腰上摸了摸,转过脸来,正色道:

"麻丽,别往那上面想。我问你,这几张照片,你说人家是什么时候偷拍的?"

麻丽的眼珠一转,说:"是天刚热起来的时候,你记得吗,我穿的那件贴身小褂子,就是那几天买的。"

"这就对了。"索远的两眼辉亮起来,说,"这就是讲,彭筑那个时候已经晓得了我们之间的关系,而他照样把你喊去宾馆,照样和你……"

"他就是那么一个下流胚嘛!"麻丽瞪了索远一眼道,"你现在才晓得。"

索远轻声一笑:"今天我算是领教了,在隐声茶楼,当着我的面,他都和大西北带过来的一个妖女子搂搂抱抱,打情骂俏,做出好些肉麻动作呢。"

麻丽双手一把抓住了索远扶住龙头的胳膊,尖叫一声:"真的?在隐声茶楼?哎呀,你为啥不早说呢!索远,你等着,在这等我,我去去就来。"

说着,不待索远任何表示,转过身子,朝着隐身茶楼方向,斜穿马路不管不顾地飞跑过去。索远盯着她的背影不时地避让着自行车、助动车、面包车、小车,为她捏了一把汗。心说不该告诉她的,她一定也是想去抓彭筑的一个"现行",出出他的丑。一会儿工夫,麻丽修长的身影看不见了。

索远只得推着助动车,走到人行道边,耐心等着。脑子里掠过一个个不安的念头,彭筑如此粗野凶蛮,麻丽当面去出他的丑,会不会遭他的辱骂和毒打。

这么想着,心里顿时又烦躁起来。唉,卷进这种感情的旋涡里,真是闹心啊!这一头,麻丽和彭筑的关系,算得逐渐清晰了;那一头,他还有妻子但平平和女儿索想呢,如何摆平这一组关系呢……

双眼正望着闪闪烁烁的霓虹灯和车流出神,麻丽又像从地下钻出来似的出现在他面前,索远见她完好无损,惊喜地说:"你回来了!"

"哎呀,晚了一步。"麻丽一脸的沮丧,懊恼万分地说,"我冲进茶楼,一问服务员,那旗袍小姐说,彭老板和那女人,刚结完账离去,好像是打的走的。"

索远道:"没碰上也好,你贸然跑去,我还担心你吃亏哪。"

"你懂啥呀,"麻丽觉得索远没理会她的意思,说,"早一点讲,我给他和那女人的丑态也用手机拍个照,那就是证据。他不是要离婚嘛,他扔给我们这几张照片,就是想说,我们两个有错在先,我不能分他的财产。"

"我从未朝这上头想。"

"你不想,我想啊!"麻丽振振有词地道,"你不希望,我和他离了婚,也有笔私房钱嘛!这家伙少说也有个几百万。"

"几百万?"

"当然,"麻丽肯定地道,"他包工头的业务拓展到外地之前,就有一百多万了。"

那是你们两口子的事。索远想这么说,但是他没说出口来,怕麻丽说他不把她的事放在心上,不拿她的未来当一回事。

十二

强台风"菲特"过后,上海人都在说,可惜了,台风来之前开得那么好的桂花,被风雨全吹落了。没想到,云开日出,秋高气爽,2013年晚来的10月小阳春,又把一株株桂花树上温馨怡人的香味,在城中绿地、小区、马路边、城乡结合部吹开了。真是满城尽飘桂花香,游人闻之醉其中。

尤其是落漕浜畔的浜头村,从早至晚弥漫着迟来的金桂花诱人的香气。真让人心旷神怡。

想到是双休日,索远持"一闲对百忙"的心态,把积累下来的烦愁和不悦统统推开,安心地睡了个大懒觉。不是妹子索英的电话,他还不想起呢。

上海这地方,旧社会曾被称作大染缸,这会儿,索远宁愿称其是个万花筒。到上海十几年,什么样的事情没听说过啊。美容、隆胸、代孕,近两年听人说,有些新白领,没有尝试过洋滋味,经常买来色情碟,比照着那上头的方式,在床上过夫妻生活,反而闹得夫妇不和。有一回,索远还听到有人神神秘秘地传播,有换老婆睡的。可以说是,郑村老家那种乡下地方,什么事儿不可能发生,城市里就有什么事儿。索远这些年,练得都见怪不惊,成竹在胸了。

是去年吧,苗姑娘从她的老家贵州带来一罐独山的盐酸菜,说是酸甜苦辣咸,五味齐全,车间里的职工们纷纷夹一小点来尝试,索远口重,夹来一大块吃,顿时觉得那辣中有甜、甜中含酸、清香脆嫩、酸中有辣的滋味够刺激,令人难忘。只是,那天听彭筑连咒带骂地说及麻丽的过去,索远总觉得一股尝过盐酸的味道,不,那是五味之外,还有一大股苦涩的味儿,堵在胸口,总是散不去,让他连着几天都感觉闷闷的,不好受。他真得静下心来,好好地回味回味,思索一番哩。就照着彭筑嘴里说的算,在麻丽的生命中,索远也已经是第四个男人了。这感觉那么强烈,索远有点接受不了。

索英的电话就是在他胡思乱想的忖度中打进来的。

"哥,我说你有麻烦,现在你这麻烦大了。"索远一接电话,索英直通通地说,"前几天,你不是让我千方百计,得阻止麻丽和嫂子相见吗?"

"是啊、是啊!"索远边接电话边坐起身子,往身上穿衣服,"怎么啦?"

"这一阵她倒不催我了……"

"那你也别跟她提。"

"你听我说呀,我哪里会跟她主动提这事儿。我回避还来不及呢。"索英声音一下子提高了,"可这几天嫂子又来劲了,她给我商量,说她想见麻丽……"

"她知道麻丽的名字了?"

"知道。"

"你给她说的?"

"我怎么会给她讲呢。"

"那她怎么会知道……"

"哎呀,哥,你真把嫂子当郑村乡下人了。"

"她就是郑村乡下刚来的嘛。"

"跟你说,哥,嫂子这人,内秀,你别忘了,嫂子是贝村女人,贝村女人执着,内涵深沉得很。你和她当了这么多年夫妻,还不知道吗?"

"……她是怎么打听到麻丽名字的?"

"听老茶馆里的客人说的。"

"老茶馆的客人?"

"哥,别自欺欺人了,你和麻丽在浜头村堂而皇之以夫妻名义住着,又不是生活在真空里,浜头村上哪个不知、哪个不晓?嗯?"索英竹筒倒豆子,一股脑儿全在电话上给索远倾倒过来,"茶馆里三教九流,社会各界的什么人都有,人家不会说啊!索远索领班怎么老母鸡变鸭,换了个老婆了?这种事传起来,比你在广惠厂干了件好事儿快多了。再说,再说……"

"你说啊!"索远确实想晓得厂里厂外、镇上乡下的反映。

"你叫我怎么说呢,哥,"索英语气里有些迟疑,"反正都是事实,我全都告诉你了吧。"

"对啊、对,坦率地说。"

"老茶馆里有个怪物,名字也好记,叫徐一心,也是个打工的,建筑工、木工、泥水工都干得。可他不好好打工,一心想当作家,人家背后都说他是一心想当作家的疯子,文疯子……"

"简短点。"

"你别嫌烦啊,哥,和你有关系,徐一心也在广惠厂打过工。"

"在哪个车间?"

"不是在你们厂里,他是在你们新建的厂房工地上干过。"

"我说没什么印象呢!"

"可人家对你有印象。你是打工者中的佼佼者,当上了总领班、分厂长,人家背后要议论你。一说就说到了你和麻丽的事……"

"和他们有啥相干?"

"是不相干。可他在老茶馆见到了嫂子,听说了嫂子是你老婆,他不大惊小怪,要说你和麻丽的事了?"

绕了一圈,原来是这样!索远泄气了,他边接手机边穿好了衣裳,在床沿边原地转了一个圈,说:"这姓徐的不好好干活,去茶馆里泡着干什么?"

记忆中,老茶馆里坐着的,绝大多数是浜头镇的退休职工啊!

索英笑了一声:"这回你想听了吧。这个文疯子,在工地上干活时,不晓得是走了神还是没在意,从脚手架上摔了下来,摔成了工伤。老板说他干活时想入非非,还不愿赔偿呢!是浜头镇上派师干事出面帮他说了话,老板没办法了,才赔偿了他几万块钱。人家赔他钱是让他养伤看病的,哥,你猜猜他拿了这钱干什么了?"

索远不耐烦:"我哪里猜得出来?"

"你真猜不出来,哥,他拿工伤得的赔偿款,出了一本书……"

"出书?"

"是啊!他不是想当作家嘛,打工之余,写了好多小说,四处往杂志社、出版社投稿,从来没发表过一篇。"

"神经病。"

"这下好了,如愿了。他在赔偿款里拿出一大半,自费出了一本书,厚厚的,书名叫《他乡是故乡》,写的就是打工生活,搬家啊,找房子啊,流水线插科打诨说笑啊,恋爱受骗啊,春运挤火车啊,包下了时代快车赚中介费啊,坐长途遭抢啊,婚外恋啊,啥都有……"

索远奇怪了:"索英,你怎么知道得这么清楚?"

"他出的书没人要,他印了千儿八百本,到处送啊!也给过我一本,没事的时候我翻过。"索英解释说,"哥,你别恼,也别嫌我啰唆,你听下去,这事同你有

134

关……"

"还同我有关?"索远的语气是一百个不信。

"真有关。你看,嫂子到老茶馆去打工没多久,他就送了嫂子一本。还给嫂子吹,"他乡是故乡"的书名,是他跑到巨鹿路上的作家协会,请一位德高望重的老作家给题的书名。老作家不好找啊,他们说是作家协会的作家,都不在作家协会上班,他是如何费尽心机、费尽口舌,和门房间磨,竟然给他在大门口堵住了一个老作家,老作家如何和蔼可亲,当场拿粗笔给他题了书名不算,还鼓励他要坚持写下去。嫂子收了他的书,还读哩!"

"她也读了?"

"哥,你听了这么久,听出点我的意思没有?"索英的语速放缓下来了,她一字一顿问。

"你什么意思?"索远一时没拐过弯来。

"哎呀,哥,你真是给麻丽迷得不轻,"索英的话里对他这个尊敬的哥哥有了不满,"这么明显的事你都听不出来。嫂子读了他的书,说他写得有意思,让她晓得了好多打工者的真实……"

"那又怎么样?"索远还是不明白。

"怎么样?哥,这个文疯子徐一心,是有点犟头倔脑的劲头的,要不人家怎么叫他一心想当疯子呢。"索英字斟句酌地说着,"他把你和麻丽的事说给嫂子听的时候,对嫂子可同情啦!连茶姑娘都说啦,徐一心想追嫂子呢!哥,你听见没?"

还能没听见吗,索远耳膜里"嗡嗡嗡"的,妹子的话不断在震出回音呢。

这真是新鲜事儿,是索远做梦都想不到的事。但平平从郑村乡下来到上海,进浜头镇老茶馆打工才多久,就有男人盯上她了?索远有点将信将疑,他惊讶自己听到这个消息,只是疑惑,却没有愤怒、没有醋意,莫非、莫非但平平真的不在他的心上?若真有人把但平平追了去,他会怎么样?他不是和离了婚的麻丽就能终成眷属了嘛,他不是不再左右为难、迟疑不决了嘛,他不是可以在两个女人围着自己的旋涡中解脱了嘛,他……

"哥,哥!"索英又在手机上叫他了,这回她的语调中多了点不安,"这些话,都是人家道听途说传给我听的,你别怪罪嫂子啊!再说了,文疯子徐一心就爱以搜集创作素材为名,四处打探消息。你别当一回事……"

"他有多大年龄?"索远插了一句。

"挨边快40了。"

"快40岁的人还没成家?"

"哪个姑娘愿意嫁给他啊!"索英数落起来了,"到上海来打工的,都想奔更好的生活。哪个人愿同又穷又酸又疯的人谈恋爱?他连个女朋友都没有,要不怎么老爱钻在茶馆里呢!"

索远笑起来了:"原来是这样。"

"不过哥啊,"索英又以劝慰的口吻道,"你也该去老茶馆看看嫂子了。要不这样,索想来上海这么多日子了,她老抱怨你不带她去大上海玩,一会儿我过去,趁着休息天,领想想去南京路、外滩、东方明珠、老城隍庙尽兴地玩一天,让她也高兴高兴。你呢,就去老茶馆,好好地陪陪嫂子,和嫂子沟通沟通。嫂子多好啊,我们兄妹俩跑出来打工,她一个人在郑村,守着爹妈,拉扯大索想,同是女人,我都替嫂子抱屈……"

"这我知道。"

"知道就好。嫂子住在老茶馆那间小屋里,连续几天不回浜头村,就像贝村女人躲在深山密林的荆棘丛中同样释放幽香一般,默默无言却仍有意味,听懂没有,哥,人家这是在给你机会,给你时间考虑,给你态度哩!哥啊,我也是女人,这点我比你懂。"索英的态度越来越有倾向性,索远听出来了,妹子这是经过思考以后,早就设想好的。昨晚上临睡之前,索想就对索远说了,今天孃孃要带她去外滩玩,上东方明珠。终究是亲妹妹,爹妈离世后,人世间最亲近的人,索英也是

136

在替他这个当哥的着想呢。

"好吧,"索远答应着妹子,"吃过早饭,我就到老茶馆去。"他不但是想去看看但平平,他还想见一见刚才索英唠叨了半天的那个文疯子徐一心,说他在总厂工地上干过,索远怎么没一丁点的印象?当时,范总还让他管过一阵工地上的材料的。他接触的建筑木工、泥水匠不少的呀!

索英"格格格"清脆地笑了:"那好,一会儿我就来带想想。"

索远收了线,索英一会儿就要过来,他得简单收拾一下,招呼想想下楼来,父女俩把早饭对付了。

昨晚上从广惠厂食堂带回来六个包子,索远把它们蒸了一下,又从冰箱里取出两袋豆奶,在小锅里热了热。索想从三层小阁楼上下来了,父女俩正在吃早点,听到助动车停靠在门口,索英已经到了,她边走进屋来,边朝桌子上扫了一眼道:

"早饭要吃这么多啊,想想,少吃点。孃孃带你吃奶油蛋糕。"

索想喜滋滋地直乐,朝着索英直点头,眼睛却扫了索远一眼,咀嚼着肉包子说:"爸从厂里买回的肉包,也很好吃的。"

"这孩子,就是乖巧。"索英在桌子旁坐下,拍了拍索想的肩膀,问,"和小朋友们熟悉起来了吗?他们欺负你是外地人了吧,骂你乡下人了没有?"

"嗯。"索想点着头,问,"孃孃,你怎么样样事情都晓得?"

"孃孃刚跟你爸来上海时,也被人家骂过呀!没关系,索想,时间一长就好了。"索英安慰她,"关键是你的成绩要好,成绩一公布,呱呱叫,就是最好最好的意思,同学们就会对你另眼相看。"

索想噘起了嘴说:"可惜我的成绩不好,上海学校里的题目,都很难的。"

"不懂的你就问,问同学,也可以问老师。"索远没闲空管索想的功课,听她这么说,叮嘱道,"外地孩子来上海,这是普遍现象,我们厂里那些职工的小孩,也纷纷说跟不上。"

"哥,你不是职校生嘛,书读得比我多。"索英说,"晚上回家来,也该管管想想的作业。人家上海的爹妈,天天晚上陪读呢!说什么,不能让子女输在起跑线上。"

索想往索英的身上倚靠了一下,眼角一瞟索远道:"爸从来没问过我的作业。"

索远竖起食指,做出一副威胁的脸相道:"那你等着,我会给你来个突然袭击,抽查你作业的。"

索想把舌头伸出嘴来,做出一个受惊的脸相。

索英在她背上拍了一掌:"快说欢迎啊,欢迎你爸督促检查。"

说笑之间,早饭吃完了,索英让索想坐在她的助动车上,说:

"想想,今天你啥都不要想,就是玩。孃孃带你去玩上海滩最有名的地方。只要你不喊累就行了。"

"我累不着,在郑村乡下,我常到山上玩,从来没觉得累。"索想连忙申明,"上海都是平平的路,还坐着你的车,我不会累的。"

这些天里,常坐索远的助动车,她已经惯了,两条腿潇洒地跨在助动车的踏脚上。

索英朝着索远嚷嚷:"哥,你放心地到浜头镇去吧,替我向嫂子问好。"

说着一踩油门,骑着助动车,一溜烟地驶出浜头村去。

收拾盘子、杯子、锅子,叠被铺床,把家里稍作打扫,关闭了门窗,索远推出自己的助动车,若有所思地骑到浜头镇上去。

浜头村边,有个老农在抄沟,铁锹在秋阳下随着他手臂的挥动,闪烁着雪亮的光芒。索远凝神瞅了一眼,这样的景象,在上海的城乡结合部,已经不多见了。索远在广惠厂一干十多年,眼看着浜头镇旁边一些传统的江南水乡村落,变成了城区,变成了高耸的楼房、宽敞笔直的道路、各式各样的商店、配套齐全的小区,而残存的浜头村、浜湾村、浜中村里原有的农民,随着土地改变了性质,逐渐地成了上海的居民,住进了小区的楼房中。村庄里的房子,全都租给了外来打工族,形成了一个又一个城中村,等待着拆迁,等待着进一步的开发。要不了几年,这些村庄就会变成浜头小区、浜中厂区、浜湾绿地,变成更大的上海城区的组成部分。等到索想长大成人,她就是一个道道地地的上海姑娘了吧。她会理解父母是怎样走过了一条曲折的进入大上海的打工路吗?她会知道父母在进城打工之路上扭曲的感情世界吗?

骑着助动车不急不慢地驶在向浜头镇的路上,索远的脑子里,不时地掠过一些敏感而深有触动的念头。

双休日的浜头古镇,狭窄的石板路上挤满了蜂拥而来的游人。秋阳明媚,人声鼎沸,一家家小商铺、小吃店里都是服饰光鲜时尚的客人。平时走得自由自在的路,今天走得颇费了一点劲儿。

掏出两元钱,付茶费的时候,坐在柜台上的茶姑娘定睛望了他一眼,两条描过的细弯弯的眉毛扬了起来,招呼着:

"嗳,你不是索英她哥吗?"

"是啊,你好。"索远朝她礼貌地一笑,点了点头。

却不料,茶姑娘一仰脸,朝着茶馆大堂里吊高了嗓门喊了起来:

"但平平,平平嫂子,你老公看你来了!"

索远吃了一惊,有必要这么吊高嗓门地嚷嚷吗?他又不是啥大人物。他端一把紫砂壶,拿一只小瓷杯,往茶馆大堂里走进去时,只见大堂里所有的八仙桌旁的茶客,都从不同的角度,有的笔直地,有的侧转脸,有的摘下老花镜,有的干脆从桌子边离座站起来,目光齐刷刷地直射到他的脸上,还有人用那种老派的做法,把他从头看到脚尖。这些目光,含着好奇,带着兴趣,明显地带有讥诮的神情,甚而有鄙视的、不屑的、嘲弄的、发怒的、深知内情的。

还没寻找到一个空位的索远,顿时浑身不安起来,他敏感地从这些目光中感觉到了敌意,仿佛无数根刺,朝他扎了过来,让他好不自在。

端在手中的紫砂壶晃了一下,从壶嘴里洒出了点茶水。

挨近的方桌边,一只伸出的脚往桌肚里缩了进去,一个满头白发的老翁摘下眼镜,嫌弃地对索远说了一声:

"小心,你这人……"

索远连忙弯了下腰,表示歉意。

这是怎么回事,上一次来,他还什么人都不认识,老茶馆里清风雅静,一片安然。而这回,茶姑娘已经认识,但平平又在这里打工,他却遭到了显而易见的冷遇,似乎他是个不受欢迎的客人。怪了!

正在惶惑,他的目光掠过一张一张八仙桌,桌面上有斟茶的热气冒出来,整个大堂里弥散着一股浓郁的茶味,潮润的水汽中夹杂着几种烟味,普通的香烟,浓烈的板烟。大堂中央的一个柱子上,挂着一块小黑板,小黑板上是几行清晰娟秀的粉笔字:

今日书场

中南海风云之

自杀之谜?

索远心里说,没想到说书的题目还有点儿吸引人呢!要有时间,他也想静坐在这儿,边品茶边听听这档书,看看说书先生究竟说些什么。

再定睛一看,这字迹怎么似曾相识,转念一想,他明白了,这是但平平写的字。刚结婚不久,郑村家中没装电话,他们夫妻之间常通信。黑板上的粉笔字写大了,他一时没认出来。

索远站得时间愈久,愈觉得有几分狼狈,他局促地扫过一张张茶桌,希望尽快寻找到一个空位,好坐下去。从远远近近的茶桌上,传过来或高或低、喊喊喳喳的说话声。

"索领班,你坐这儿来。"

正在索远惶然不知所措之际,靠墙的一张八仙桌旁站起一个人来,朝他招呼着。

索远循声望去,这人身材好高,比他高出半个脑袋,大脸庞、大眼睛、高鼻梁,嘴巴也大,笑对他招手时,嘴咧得更大了。不过,看去却不粗蛮,举手投足之间,还有股斯文气。

索远不认识他,但还是朝他走了过去,但平平手提着一把铜水壶,就站在那张八仙桌边。这个女人,明知道我到了,她就是这么沉得住气。

索远的目光扫过桌面上放着的书,还有一台手提电脑,特别是醒目的淡黄色封面上,印着行草体的书名:《他乡是故乡》。他猜出来了,这位和他年龄相仿的男人,就是徐一心,索英在电话上讲了半天的。看到他的脸,索远想起来了,在总厂基建工地上,见过这人,干活特出力,拌好的小水泥桶,别的工人都是一次提一桶,他一出手就是左右开弓,双手各提一桶。

索远说声谢谢,在挨墙的八仙桌旁坐了下来。

但平平这才对他招呼:"来了。"神情淡然、不冷不热的。

索远点头申明自己的来意:"好几天都不回家,来看看你。"

"这里忙啊,"但平平说着手往大堂一摆,脸上十分平静,一点也没怨气、赌气的样子,"再说我刚来,一件件活都得从头学起来。"

"你找了个好老婆啊,索领班,朴实、勤快、人又好。你看,她来才几天,老茶馆就有股新气象。本来,茶客进门,自己领一把紫砂壶,一只杯子,一个热水瓶,自斟自喝,水喝完了自己到大茶桶去放。这只老古董,早就不用了。"一旁的徐一心夸起但平平来了,他指着但平平手里提着的那一把长嘴紫铜水壶道,"她把它从库房里找了出来,擦拭干净,灌上开水,一只一只八仙桌兜过来,给每位茶客斟水、续水,一下子就使老茶馆增添了生气。"

"噢。"索远不由端详着但平平手中的铜水壶,多看了几眼。果然,这只硕大的水壶,鼓凸的大肚,细长的壶嘴金光闪闪,别致而又古朴典雅,十分夺人眼球,茶客进门来,很容易被它所吸引。索远的目光,从紫铜大水壶,移到但平平脸上,问她:"重吗?"

"不重,嗨,这点儿活,比起郑村老家来,轻巧多了。"但平平被徐一心夸得有点儿羞涩,掩饰着啥似的说,"在老家,屋里屋外,忙完田里的、山坡上的,还要拾掇家中的,又是两位老人,又是想想,哪有这茶馆里清闲啊。多亏了索英妹子,给揽了这份工。"

索远听得出,但平平的话里,有对他隐隐的怨意。

"还有呢,"徐一心往大堂的小黑板指了指,"原来小黑板上那个字,写得像蟹爬,你再看看现在你老婆的字,头一天挂出来,老茶客们都叫好。"

"是啊,"索远提高了点声气,"我一进门,也认出来了。"

"你还记得啊!"但平平双眼盯他一下,眼神里透出几分喜色。

索远认真道:"我咋认不出来?"

徐一心拍拍索远的肩膀,说:"你老婆不但勤快能干,她还很有点儿文学修养呢!这不,你刚才进门时,她正给我的书提意见。"

"提意见?"索远顺手把《他乡是故乡》拿在手里,翻了翻,"你看了?"

"她都看完了!"徐一心一拍膝盖兴奋地说,"让我都吃了一惊。我这书是自费出的,没人买。我拿来不知送了多少人,你看看,索领班,一共392页,可以说没一个人是认真从头到尾读完的。我征求人家意见,个个都敷衍我说,不错、不错,好看好看。好看个屁,我就知道他根本没读。她不但从头至尾读完了,提了具体意见,还给我出了一个好主意、金点子。让我好感动。"

"真的?"索远翻到书的最后,看到书是正规出版社出版的,总共392页,拿在手上厚厚一本,"她出了个啥主意?"

但平平把提着的紫铜水壶换了个手:"我说他这书中,写彩票的那一篇最好。"

索远又把书翻到开头的目录寻找,果然,其中有一篇:彩票中奖。

徐一心的双眼睁得大大地,真诚地望着索远道:"你也带回去看看,反正她已经看完了。"

索远把书翻到扉页上,嗨,这书徐一心还题了签:但平平女士雅正。

索远没闲心看他的书,碍于情面,把书一合道:"好,我也带回去看看。"

徐一心欣喜得两道浓眉扬得高高的:"那你一定要给我提意见。"

索远应着好好好,心里忖度着:这家伙真有点儿文疯子的味道。

徐一心合起打开的手提电脑,拔除电源插头,转脸对但平平道:

"谢谢你给我提的宝贵意见,更感谢你的金点子,你们两口子谈,我去书画社拜访个朋友。"

说着,提起电脑,和索远握个手,走出老茶馆大堂去。索远目送着他僵硬的背影晃晃悠悠地远去,问妻子:

"他的腰背摔伤了?走路的样子能看出来。"

"是伤了腰。"

"你给他写的书出了个什么点子?"

但平平微微一笑:"我能给他出什么点子。我给他说,与其拿工伤赔偿款去出书,不如把书中写得最好看的那篇《彩票中奖》直接挂到网上去,省却他拿着印出的书到处送人,送光了咋办?挂在网上,说不定看的人还多些。他就高兴得啥似的。"

索远随意地翻一下《他乡是故乡》,问:"你说的这篇真好看?"

"不信你看呀,"但平平指了一下书,"下午4点之后,老茶馆里没啥人了。索想放学来我这里,一边做作业,一边等我给她弄晚饭吃,天天送想想回浜头村去之后,我回到这里,又值班又准备明天一大早开张,没多大事儿,三翻两翻,把书就看完了。告诉你,晓得我天天在这里过夜,他们把值班的人都辞了,拿他的一半钱,加在我的工钱中。每个月,我能净领到将近3000元。"

看到但平平脸上露出满足的笑容,索远感觉到她说出的是心里话。索英介绍给她这份工作的时候,索远预感得到,在郑村老家吃得苦耐得劳的但平平,早晚是能习惯和融进老茶馆的工作节奏和浜头镇的生活的,但是但平平融入得这么快,却是大大出乎他意料的。是啊,上海这地方,哪怕是像浜头镇这样的城乡结合部,只要吃得苦,肯下力,还是能挣得一份工资,依靠劳动过上太平日子的。不知为啥,但平平在他跟前故意显出知足的神情,似乎也是在告知他,尽管在上海这个陌生地方,不依赖他索远,她同样能生存下去。含蓄内向的妻子,在和她日渐深入的熟悉和交往中,索远仿佛也在更进一步地了解她。妹子索英说贝村女人像空谷中释放幽香的兰花,索远却觉得,但平平身上有一股花开花谢的从容。索远仰起脸瞅了她一眼,但平平的目光和他的眼神一碰,就往边上移开了。自从知晓了他和麻丽的临时夫妻关系,他们之间的神色,都有些不自然起来。稀奇的是,但平平才到上海近两个月,她的肤色不知不觉间白皙细腻了起来,脸庞上被郑村乡间的太阳和山风吹出的苍黑,褪却得看不出来了。上海的水土,说是也遭受了污染,可就是这么怪,姑娘少妇的脸,都会逐渐变得白净、透出光泽。

"得空,"索远的一只手无目的地翻动着书页,说,"你也回家看看吧。"

但平平一怔,好像没料到他会说这句话,她慢吞吞将紫铜水壶换个手,说:

"忙过这一阵……"

"祝婶都问过两回了。"索远怕她回绝,话里有话地道,"有什么想法,回到浜头村家中,啥都可以说。"

说着,索远扫了一眼营营扰扰、切切嘈嘈、说话不绝的老茶馆大堂,意思是在这么个场合,说话不方便。

但平平眼里波光一闪,委屈地放低了嗓音道:"那还是我的家吗?"

这是她第一次对他透出埋怨和不满。索远忙说:"不是你的家是哪个的?索想临睡之前,都问过两回了,妈妈为啥不回家?"

"这娃娃,"但平平轻声嗔怪了一句,"我给她说过,老茶馆这工作,妈是新接手,好多双眼睛看着,妈得干好,干得顺手,习惯了,就会回家。我也想着回去和你,和索英妹子说个事了。"

最后这一句,但平平是提高了嗓门说的。

索远问:"啥事儿?"

"郑村乡下那头说了,让我们仨商量一下,过年回去一次。乡政府、县上,还有地区、省上吧,各级政府都关心着这一块遭灾地方,拨下了救灾款、抚恤金,还有房屋重建的钱,我们家属于重灾户,爹妈没了,房屋、宅基地、自留地都毁了,几笔相加,一大笔钱呢!"但平平说起这一切,完全是主妇的口吻。

"是你打电话回去的?"想到她没手机,索远问。

"是啊!在上海安定下来了,还有了活干,也该给家乡的父老和领导报个平安吧。人家关心我们哪,灾民呀。"但平平挺自然地说,"这里打电话又方便,一拨就通了。都是茶姑娘告诉我的……哼,说茶姑娘,茶姑娘到跟前了。茶姑娘,正说你呢!"

索远抬起头来,果然,茶姑娘一瘸一拐地走到他俩面前,站停下来。索远不由骇然,听索英说过她有残疾,没想到她瘸拐得这么厉害,他瞅了她一眼,也随但平平笑着对她点头。

茶姑娘的嗓门仍然很大,浑厚得像唱女中音的声气,她说:

"谈得很亲热嘛!我是说啊,好好的两口子,背后都会有人嚼舌根。还有人,癞蛤蟆想吃天鹅肉,想入非非呢。你们谈,你们好好谈。"

说完,她又一瘸一拐地摇摆得很凶地走回自己的柜台去。老茶馆里响起一片嗤笑声。

索远又一次感觉到,从大堂的一张张八仙桌旁,那些箭似的目光,不约而同地朝他射过来。

十三

刚上班,麻丽就从车间里流水线旁打来了电话,电话里流水线转动的声音清晰可闻,索远大叫了一声:

"你说什么?"

"出事情了,你快到车间里来。"麻丽简明扼要地说,"再不来,要影响生产了。"

"出啥事情?"

"你下来就知道了!"

索远边把手机揣进工作服兜里,边往车间小跑而去。这一段时间,家里烦心,车间正常在运转,他关注得少。真出啥影响生产的大事儿,范总准要对他采取措施。

冲进车间大门口,两眼往里面一扫一瞄,这是他的本事,在广惠厂多年,车间里出什么情况,他常常是一目了然。望了一眼,他心安下来,没啥大事儿,就是麻丽的身后,苗姑娘于美玉和她身后的雷巧女动作慢了,跟不上流水线的运转速度,于美玉面前堆起了小山样的产品。

索远走过去,一面拿起麻丽检验过的产品装进小盒,一面询问正在淌眼泪的于美玉:"怎么了?哪个人欺负你了?"

奇怪的是,苗姑娘在哭,雷巧女也在啜泣,两个人一定遇上了啥委屈。

麻丽接话道:"你再不下来,流水线快转不动了。进了车间就哭,劝也劝不住。"

麻丽一开口,于美玉哭出声来了:"老公说我不干净,要同我离婚。"

麻丽又插话了:"我跟她说了,你已怀了孩子,他提离婚也没用,法院不会判。要维护妇女儿童权益。"

索远没说话,于美玉跺着脚说:"他不让我睡觉,要赶我出门。"

"凭什么?"索远的脾气上来了,"就凭他是上海户口?"

"不是,索领班,"身后的雷巧女抽抽搭搭地说出了缘由,"桂花苑小区里不晓得怎么传开了,说我和美玉在公安局挂上了号,都和那个杀人犯有关系。和我谈朋友的男生,同我也'拜拜'了!"

"原来是这么回事啊!"索远笑起来了,"身正不怕影子歪,你们怕个啥?嗯,为这点事,男朋友和你吹,吹了就算了,你再找一个。你有工作,有广惠厂这份工资,怕个什么呢?我们雷巧女身体这么壮实,身后追你的人,只怕排长队呢。还有苗姑娘,你那个老公动不动喊你滚,你回去告诉他,他再说一句滚,我就陪派出所所长上门找他去。"

"你这个领班,"麻丽停下手中的检验活,转过身来,斜他一眼,故意放大声道,"人家在这里哭,让你来解决问题,你却笑。"

索远点住自己的鼻子:"那你也要我跟着她们一起哭吗?"

于美玉仍是一肚子委屈,抹着泪说:"嫁了这个老公,我巴心巴意要成为上海人家中的一员,学说上海话、烧上海菜、改变自己穿衣习惯,任我咋个努力,他却还是……"

"告诉你们两个,把腰杆挺起来。"索远手上不停地干着活,放大了嗓门宣布一般道,"派出所蒋所长,那个女的,昨晚上刚给我打来电话,要谢谢小于和小雷,你们俩给公安提供了他们还没掌握的线索,那个为首的家伙,就是号称美男子的,已经从昆山被逮回来。胁从他杀人的那个,也已从太仓他老乡工棚里抓获。蒋所长说了,她要到厂里来,当面向你们俩道谢!她来的时候,我把小于你老公,还有巧女你那个男朋友,一起叫到厂里来,教育教育他俩。"

雷巧女破涕为笑,拍起巴掌来:"那太好了,也不会被人说三道四了。"

于美玉也止住了哭泣:"最好蒋所长到桂花苑小区里也去说说。"

索远答应道:"我把你的要求转告蒋所长,我想,她会答应的。"

流水线前头一道工序的职工,回过头来问了一声:"美玉和巧女立了功,有奖金吗?"

流水线两旁响起了一片笑声。

"这个……"索远答不上来,他眉头一皱道,"蒋所长电话里没说。不过,我会去给老板反映,这也是广惠厂的光荣啊,看范总能不能……"

话没说完,流水线旁响起了一片掌声,整个车间里欢呼起来。

于美玉和雷巧女乐得笑呵呵的。

麻丽撇了撇嘴:"我还说你怎么一听这事就笑呢,原来早得到消息了。"

索远拍了拍巴掌,对大伙儿说:"咱们打工的,就得是这样,有什么事儿了,吭一声,相互传递个信息,帮个忙,补个台,不要互相之间叽叽咕咕地背后拆台。在我们广惠厂,有范总这棵大树,没有过不去的坎儿。"

说着,他颇有深意地瞅了转过脸望的麻丽一眼,信心满满地走回自己的办公室。他为自己的处理感到满意。

到了办公室里,刚坐下来,手机里麻丽发来一条信息:你我的坎儿怎么过呢?

索远还真不晓得怎么过自己遇上的坎,他想了想,回了一句话:彭筑找过你吗?

一会儿工夫,麻丽的信息又发过来了:来过一电话,说他回银川去了。

索远心里说,这家伙走了也好,至少少了一组矛盾。只是,自己夹在但平平和麻丽中间,该如何取舍呢?

真正是个大难题。

和麻丽组成临时夫妻以来,一切似乎是照着不成文的规矩,顺理成章地进行的。逢年过节,各自回各自的老家,麻丽去河南彭筑的老家光山陪伴老公、儿子,他呢,奔郑村故乡和妻子女儿团圆,相互配合着采办礼物和年货,并没多大的疙瘩。打工期间,只要彭筑到上海,麻丽都得去宾馆或旅社陪他,尽原配妻子的责任。尽管心里别扭着,堵得慌,索远也说不出二话来。三年中索远只在听说母亲住院时,往县城跑过一次,陪了母亲几个晚上,顺道去了郑村家乡。那一回麻丽表现得也很通情达理、善解人意,临走之前陪着他到徐家汇购买些带回家的东西,除了孝敬二老的,看见他为但平平和索想选购围巾和手套,她还帮着挑选哪。出发那天,她特意把他送到了上海南站,不停叮嘱他注意安全,早去早回。

这一次郑村家乡遭遇百年不遇的洪涝水灾,父母双亡,情况和格局陡然大变,但平平和索想忽然出现在他和麻丽的临时家庭面前,麻丽虽然在慌乱中退了出去,可她明显地表现出了对他的不舍,紧接着彭筑察觉了他俩的关系,他们的婚姻面临破裂。而他呢,对麻丽同样有着爱和深深的依恋。像索英所说的,麻丽退出,和但平平、索想组成一个新上海人的打工家庭,太太平平把日子过下去,就成了一种奢望,一个难得跨越的"坎"。但平平是个居家过日子的女人,她朴实、本分,愿出力干活,不谙风情,一辈子都没往脸上涂过粉、描过眉,往身上抹过香水。麻丽就不同了,她不但勤快能干,多年打工使她学了不少城市女人的道道,她既懂温柔又懂风情,在他面前尽显妩媚多情的女人味儿,她懂得化妆,懂得怎么把衣服穿出曲线,从他面前走过,她的身上总有股幽兰醇香般的气息。原先索远总以为彭筑也像自己一样珍视她,现在他终于明白,麻丽和彭筑分手只是时间问题,只要他同样挣脱婚姻的束缚,他完全可以和麻丽由临时夫妻变成真正的一家子。可他能这么做吗?对待为他已经付出了这么多的但平平和索想,他开得了这个口吗?

索远现在晓得电视剧里那些男人为什么要讨几个老婆了,生活中那些发了财的人为什么要有"二奶""三奶"了。原来女人和女人是不一样的。她们各有各的好处,各有男人割舍不下的地方。不该把麻丽和但平平相比,但他又情不自禁要把两个女人放在一起比较。她们先后出现在他的生活里,先后以不同的形式和他共同过起了日子,他太了解她们,也太知道她们不同的脾性了。

两个女人,他一个也放不下,一个也不可能从他的生活圈子中剔除。

他该怎么办?

他该如何做?

自从但平平来到上海,来到浜头村他的身旁,几乎无时无刻,他都面对着这么一个严峻的抉择。

他抉择不了,只得无可奈何地拖着。虽然表现得不同,但是但平平和麻丽都在逼着他表态,但平平用的是离家独自住在老茶馆小阁楼里悄无声息的逼迫办法。麻丽呢,天天都在用她的带着野性的眼神,用她的手机,用她的存在逼迫着他。

索远像夹沙糕一般,感情上和精神上都感觉到了压力,感觉到活着累。

躺下呢,又睡不着。只能拿起徐一心的书随便翻着,但平平说他书里《彩票中奖》这篇写得好,他就翻开这一篇读。

浜头村的夜里很静,索想跟着索英在上海市中心那些著名的景点玩了之后,写了篇作文,取了个题目《我住的上海》,把浜头村和她看到的景点对比着写,老师把她的作文在班上念了,表扬一通,还让她抄出来,贴在班级的墙上,想想欢喜得什么似的,说以后还要孃孃带她出去玩。孃孃说的,上海玩的地方多着呢:大桥、大轮船、大游乐场,她都没去过呢。索想的作文拿回来,索远也读了,女儿说浜头村的夜晚和郑村乡下差得不多,很安静,只是少了山,少了鸡鸣和牛粪。想想还是有些观察力的,索远躺着读书。落漕浜畔的浜头村里,真的很安静。

看来但平平不是有意恭维徐一心,这个打工汉子写的《彩票中奖》,还真吸引人:一年到头打工的李铁生终于领到拖欠了几个月的薪金,排了半宿队,赶在小年夜前一天,坐了火车坐客车,坐了客车还搭乘面包车,下了面包车又付了8块钱,坐上了进山的马车,好不容易赶到了小山村里,终于可以同父母双亲,同邻里乡亲,同和他一样在外打工的从深圳、温州、武汉、宁波回来的伙伴们一起过个团圆年,吃上几顿年饭了,一场大雪落下来,本就回到村里没多少事干的李铁生,窝在家里只能无所事事地边烤火边陪着父母看电视。在上海和江苏城乡结合部打工的李铁生,还真没这么长时间闲着坐在电视机前呢,甭管爱看不爱看,都得往下看,看着看着,看得李铁生瞪大眼、张大嘴、惊得喘不过气儿来了。电视上在催彩票的大奖获得者领奖,公布的中奖号,李铁生怎么着都觉得是自己在苏州吴江横扇镇街上用花剩的零钱买的那张彩票!他的心跳荡得快受不了啦,他用颤抖的手记下了中奖号,满屋转着,在带回家的旅行包、钱包、衣兜里寻找那张不知放哪儿去的彩票,快找疯了的时候,彩票找出来了,一对,还真是他花2块钱买下的。他几乎不相信自己的眼睛,怕自己抄错了。好在电视上还在反复地公布中奖号,没错,就是他这号,他一个一个阿拉伯数字都核对了,他中奖了,中大奖了,1500万元的大奖啊!

他发财了,李铁生发财了!

和他坐一块儿看电视的父母亲,看着他高兴成那疯癫样,母亲哭了,父亲在农家屋子里来回转悠,不愿坐下来。

问题来了,电视上反复地明明白白地说,大奖的中奖者,必须在大年夜的12点之前,拿着他的彩票和身份证件,亲自到兑付点,办理中奖手续。逾期作废,过期作废!过了大年夜的12点,也就是除夕钟响的那一刻,超过了规定的兑付时间,彩票就作废了,1500万元奖金,就拿不到手了。

这可怎么办哪?已经是小年夜的下午,到大年夜的半夜12点,只剩下30多个小时了。李铁生必须立即出发,赶往上海去,赶到他打工地附近的苏州吴江横扇镇上去,去兑付属于他的1500万元大奖。

李铁生手脚哆嗦地给自己添衣,母亲要他带上吃的,父亲跑出门去替他找车,找赶马车的老把式,天黑之前不能赶到通面包车的过路站,他就得憋在这大山深处,出不去了。

漫天大雪把小山村笼罩成一片白银世界,大风呼啸着,雪花、雪片、雪米卷得几十步外就看不见人。这怎么赶路啊,寒风吼啸着扑进门来,都让人冷得发抖。

李铁生咬了咬牙,上路了……

《彩票中奖》一下子把索远吸引住了,他几乎是一口气把但平平推荐的这篇小说读完了,老婆的眼力是对的,这是篇读了开头就放不下的小说。1500万元大奖和李铁生兑奖的命运,令人直想知道结局是怎么回事儿。索远不懂啥文学,也不知编进《他乡是故乡》中的这篇小说是不是在其他地方发表过,既然徐一心把它编进了自费出版的书中,说明他这篇小说还没引起人重视。但平平让徐一心把小说挂到网上去,索远相信,只要是像自己这样有过打工经历的人,都会爱看这篇小说的。打工的读者爱读这小说,专门刊发打工文学的杂志,就该登这样的小说啊。这小说虽然是徐一心编造出来的,像在做梦,可这梦让人想读啊。从这个意义上说,徐一心这个文疯子,还真有可能在文学上取得成功呢。他一旦成功了,不就成为作家了吗?成了作家,如果他记得起,这个金点子还是但平平给他出的呢。到那个时候,他再来追求但平平……

索远倒抽了一口凉气。胡思乱想,想到哪儿去了?可能吗,徐一心这本书,是送到出版社自费出版的,出版以后他又到处送,给作家送,给打工朋友送,要能冒出来,早有慧眼识英雄的"伯乐",把他相中了吧,哪会等到今天?

索远自我嘲笑一番,摇了摇头。这会儿,该近11点了吧,浜头村里更安静了,静得城中村里特有的那点声息,徐徐缓缓的麻将声啊,娃娃的夜啼声啊,都听不到了。索远正想熄灯入睡,放在枕边的手机响了。

索远拿起手机,显示是妹子索英打来的,他按了接收键,轻轻"喂"了一声。

"哥,睡了吗?没把你吵醒吧,"索英放低了嗓音率直地道,"我也是没办法,想来想去,得跟你说。"

"你说呀。"

"你说现在的女人怎么都有病?嫂子提出想见麻丽,还可以理解,我拖拉着没给联系。"索英在电话上说起来,仍带着不可理喻的情绪,"今天麻丽给我讲了,她想见但平平……"

"你说什么?"索远像屁股底下着了把火,一弹坐了起来,"她怎么说的?"

"你也想不到吧?"

"她这是疯了!"

"不是疯,是她想缠着你,不肯放。"索英一针见血道,"她跟我说,这些天里,经过深思熟虑,想来想去,她想去见但平平一眼……"

"只是看一眼?"

"她要和嫂子开诚布公地谈一谈。她的原话是,打开天窗说亮话,明明白白谈一次。"索英说,"哥,我夹在中间,真正烦死了。她要去谈什么?让嫂子走开,把位置让给她?赚大钱的老公她不要了?"

"哪这么简单。你怎么答复她的?"

"我怎敢答复,我只有拖时间啊!我还不敢告诉她,嫂子也想见她呢!"

"不能让她们见面,她俩待一块儿,非吵架打起来不可。"

"两个女人为你打架,你光荣啊!"

"你说哪儿去了,妹子。"

"哥,我跟你说正经的,你不要嬉了,这件事的关键,是你。你的态度明朗了,事情就好办。要不啊……"

"我明白。"索远打断了索英的话,妹子用了"嬉"这个郑村乡下的字眼,意思很明白,是在责备他当哥的,在这件事情上不严肃、不地道。

"你不明白,哥,"索英的语气愈加严厉了,"你再往下拖,也拖不下去了。"

"怎么啦?"

"麻丽晓得嫂子在浜头镇老茶馆烧水,我要不帮她联系,她会自己找嫂子。她说了,腿长在她身上。"

"这样吧,"索远被妹子一通话说得心烦意乱,一点睡意都没了,"你先拖,拖不下去你告诉她,我要找她好好细谈一次。"

"那你也得快。"

"我明白了。"

索英收了线,索远把手机往枕边一扔,愤愤地翻了个身,完了,今晚上又得失眠了。

但平平和索想逃难来到浜头村,局面能维持到今天,索远费尽了心机,才没出啥大纰漏。离广惠厂不远的一家电子公司,临时妻子和原配见了面,两人吵着吵着打起来,一个抓下对方的一把头发,一个把对方的耳朵撕裂,缝了好几针。乡下的老爹老妈冲了来,朝着临时妻子破口大骂,又对儿子说,你要不把狐狸精赶走,从此一刀两断,他们老老少少就在公司附近住下,不走了。电子公司也发了话,你要不把家庭问题妥善处理好,这工也别打了,公司的声誉赔不起。浜湾村附近一家服装厂,是原配的老公和临时丈夫打架,一个打残了腿,一个砸伤了腰,老婆和临时妻子分别远走高飞。都是两败俱伤,鸡飞蛋打一场空。

和这两起纠纷相比,索远碰到的风波算是小的,他的家中目前还是太平的。

他心里比谁都清楚,这种太平是暂时的。真让但平平和麻丽见了面,或是麻丽直接到茶馆里去找到但平平,大吵大闹起来,这个丑就出得大了。

看来,还是妹子索英说得对,关键的关键,是他自己,是他的心,是要郑村娶的妻子但平平和亲生女儿索想,还是选择温柔妩媚、风情万种的麻丽?

真不好办啊。

真的不好办哪。

十四

范总范爱农现在很少到分厂来了,这也是职工们私底下喊他索领班索厂长的原因,老厂房这儿的几个车间,现在全归他索远管。

职工们如潮的掌声响起来,索远看得分明,范总白净斯文的脸上浮起了红潮,他扶了一下眼镜,两手向前示意众人静下来,说:

"今天公安局的金探长和蒋所长专程到广惠的老厂,现在的分厂车间来,是特意来表彰于美玉和雷巧女两个青工的。她们干得好,协助公安抓获了凶犯,公安派出所给她俩发了感谢奖状,还有奖金,那是对她们的鼓励,也是对我们的激励。作为老总,我先表个态,在年终派发红包时,我们广惠厂也会有所表示。是不是啊,索领班?"

说到这儿,范总转过脸来,当着众人的面问索远。

全场的掌声再次热烈的响起,站在于美玉和雷巧女旁边的青工,还纷纷向她俩跷大拇指、拍肩膀、握手表示祝贺。

掌声稍停歇下来,索远指着范总提议:"我们也向范总,向专程来分厂的金探长、蒋所长表示感谢!"

掌声又一次响起来。

索远踮起脚跟,寻找刚才还站在一边的于美玉丈夫和雷巧女的男友,这两个家伙,大约知道今天会扮演尴尬的角色,一眨眼工夫就溜得不见踪影了。不过没关系,索远要教育教育他俩的目的,已经达到了。

开完会,送别金探长和蒋所长时,范总和索远一再向两人表示谢意。金探长摆手道:"该向二位女工道谢。不是于美玉提供了凶犯在昆山有一个老家拘留所认识的好友,雷巧女讲起太仓有他们同村出来打工的伙伴,我们不会这么快锁定两个杀人犯。"

蒋所长诚恳地说:"金探长不是客套,讲的是心里话。"

两人坐车走以后,范总拍着索远的肩膀道:"索领班,这件事办得漂亮。特别是提议开这个会,给广惠厂争了光。你们准备个材料,在《今日广惠》报上登一登,区报上,可能也会发个消息。"

"太好了!"索远高兴地说,"小于、小雷知道要上报,不知道该怎么乐呢!"

"是啊,"范总看到他的凌志车开到了面前,对索远道,"你家庭里的事,也摆摆平。老婆的工作、小孩的读书,需要我出力的,你尽管开口啊。"

"谢谢范总,谢谢!"索远一迭连声道着谢,挥手看着范总的轿车渐开渐远,一忽儿没了影。

虽然是随意的几句话，索远却也听出了范总的话外之音，他只提到老婆和孩子，仿佛一点也不晓得还有麻丽，说明他内心深处对这事儿是有倾向性的。索远听说过，范总和他太太关系甚好，孩子去美国读书之前，范总的夫人一心相夫教子，当全职太太；孩子去了美国，范太太陪读了几个月回到上海，开了一家插花店，主要职责仍是照顾范总。索远无法同范总比啊，人家的事业做得这么大。而他呢，钱没赚多少，原配的老婆和临时的妻子，把他挤在中间快透不过气来了。

这种事，摊在谁的头上，都得犯头疼病啊。坐在狭窄的办公室里，一往深处想这事儿，索远不由皱紧眉头，望着窗外，一筹莫展。

怎么办？他该怎么办？谁能帮助他解开这个心结？窗外一片灰蒙蒙的，稍远一点啥也看不见。入冬没几天，迎头就遇上了雾霾天气。路边的行道树，远方的田野，压得低低的天空，全成了一整片晦暗的令人压抑的颜色。

索远的心情，也同这浓重的雾霾天一样，一点开朗不起来。

午餐时分，食堂里一派热闹喧哗，排队打饭的，围餐桌吃饭的，还在兴致勃勃地谈论于美玉和雷巧女获奖的事儿。有人当面打听，公安派出所给她俩发了多少奖金，有的想看看那两本荣誉证书，还有人在猜测，年终派发红包，范总会给她俩多发多少钱？和她俩熟悉的姑娘，吵吵着要两人请客，到浜头镇莲香楼去吃江南特色菜，还有人想起了于美玉的老公和雷巧女的男友，盯着她俩问，怎么不留他们在厂里吃午饭？笑声、打趣声、互相逗乐和开玩笑的话，一句比一句声气高。气氛比往天开饭时热烈多了。还有人发现，今天厨房开出的菜单，都比平时多了几道。有人故意问大师傅，大师傅说，看见范总难得来，以为他要在分厂这边吃饭，特意多备了几道菜，哪晓得他坐上高级轿车，屁股冒烟，眨个眼就跑得不见影了。反正一样，大伙儿吃也一样。职工们更乐了，食堂里洋溢着一股欢乐气氛，简直像节日前夕。

麻丽凑近索远耳边道："瞧，你提议开个会，把个气氛搞得多热闹，欢声笑语的,好像整个分厂都在过节。"

索远淡淡一笑:"要的就是这效果。"

"我说范总咋这么欣赏你呢!"麻丽幽深的双眼充满爱慕地瞅着他低语,"你看,美玉和巧女的难题解了,特别是美玉老公,临走时说,家里晚上在饭馆订了餐,让她早点回。巧女的男友主动说,以后逢到加班,他到厂里来接她,乐得雷巧女走一步要蹦跳三下。"

"这些镇上的上海小伙啊,"索远感慨着,"讨好起喜欢的女人来,一套一套的,不用人教。"

"那你呢?"麻丽的双眼灼灼发亮地盯着他,"咋个来讨好我?"

索远一怔:"我?"

"是啊,"麻丽吐出嘴里咀嚼的鱼骨头,脸一偏声音更低地说,"去浜中村吃晚饭。不要你带好吃的,我准备。"

"行,"索远爽利地答应。自从彭筑和他在隐声茶楼进行过那么一次难堪又难忘的对话之后,他始终没捞着机会,细细地和麻丽聊过呢。他叮咛着:"你也别费心费力多准备啥,今天食堂菜肴丰盛,你买点热热吃就行了。"

麻丽斜乜了他一眼:"老婆来了,你天天有好吃的,吃厌了是不是?"

这话有点醋意,也有些刺人。索远没答她的话,收拾起餐盘,离座走开了。他后背上像长着眼睛般,感觉得到,麻丽始终抬起头,盯着他的背影。他甚至想象得出她不悦的脸色。

他克制着自己,不转过脸去朝她望,一切,都等晚上到了她浜中村的小屋再说吧。

午后,雾霾越来越浓重。车间休息时,厂里的广播、电视上,主持人不断地在惊呼 PM2.5 的浓度,预测今天要"爆表"!

到了下班时分,雾霾浓烈得黑了天,四五点钟简直像往常的六七点,望出去二三十米,就看不到人影了。一走出房间,人就忍不住会干咳几声。远远近近一片惨淡的浓灰色。

车间厂区里十几分钟后静寂了下来,按照惯例,索远在几个办公室和车间转悠了一遍,没啥事儿了,锁好办公室门,推出助动车,慢吞吞地骑出厂区,驶进浓得化不开的雾霾之中。老天爷真的在报复人类,把污染得这么厉害的空气让动植物呼吸。

索远不敢骑快车,麻丽给他发来了一条短信:快来啊,我等你。后面还附加了一个表示欢迎的笑脸,索远仍不敢加快速度。他匀速地驾驶着助动车,慢慢驶向浜中村方向。

这么浓厚的雾霾,只有一个好处:他去麻丽的住处幽会,人家不容易看见。

像酷暑中的大太阳底下和暴雨倾盆时的恶劣天气一样,弥漫得啥也看不分明的雾霾之中,一路上都没多少人。

不但一路上没见多少行人,助动车驶进浜中村的小街小巷,索远也没撞见人。

在22号附近的一棵榆树干旁边停好助动车,上了锁,索远环视了一遍灰蒙蒙的村街,一个晃动的人影子也没见着。

他几步走近22号,推开小门,快步跃上楼去,到了麻丽住的小屋门口。

轻轻一敲门,麻丽在屋里应了一声,来给他开了门:"快进屋,外面的空气太差了。"

随着她的招呼进入小屋,麻丽"嘭"一声关上了门,随手"嗒"一声落了锁,转过身来,双臂一展,就给了索远一个结结实实的拥抱,随后把脸也贴了上来。

两人久久地拥吻着。

小屋里开着亮堂堂的灯,索远定睛一望,眼前顿时一亮。上一次来的时候看到的污迹斑斑的墙壁,雨水脏物涂抹得不堪入目的水渍斑痕,都看不见了。小屋里新刷了涂料,装了吸顶灯,面朝窗户的墙上,还挂起一张麻丽在西湖边柳荫下坐着的彩照,照片上麻丽笑得十分灿烂自然,既青春又妩媚,尽显她少妇的美。

那正是索远当时给她照的。她说最喜欢这张彩照,有机会把它放大了,挂在墙上。住在浜头村祝婶农家别墅里的时候,光是说始终没去做,没想到现在她把相片挂起来了,索远内心里说,一挂照片,果然给小屋增色不少。

麻丽亲昵地抚着他的肩,指了指加铺了床罩,有种焕然一新感的床说:

"你看,我跟房东打了声招呼,把小屋简单装修了一下,里里外外刷了道快干的涂料,是不是要好一点?"

"好多了!"索远由衷地赞叹道,"眼睛看着舒服之外,感觉也不一样。"

"你想,"麻丽不无得意地瞟了他一眼道,"往后,这小小的屋子,就是我们俩的爱巢,我能不精心地打理嘛。"

索远轻轻拍了她一下:"真难为你了。"

"你坐一会儿,"麻丽指了指床沿,"我一会儿做好了,我们很快就能吃晚饭。天冷,我买了一个取暖器,嗨,还真灵!你没感觉到,这小屋里暖融融的吗?"

真的,进入小屋之后,索远一点儿没感到寒冷,顺着麻丽手指的方向,他看见贴墙放着一个取暖器,走近去伸手探一探,果然,热乎乎地还有点儿烫手哩,小小的房间里暖烘烘的,人自在多了。

麻丽就是有这能耐,多简陋的条件,她也会营造出一个温馨宜人的氛围来。

吃过晚饭,收拾了碗筷,麻丽开了一盏床头的小灯,关了雪亮一片的吸顶灯,索远随着她亲切的招呼,脱了衣裳,和她双双钻进了热烘烘的被窝。

"床上好暖和……"索远的话没说完,麻丽"嗤"一声笑了,说:"一回家,我就开好了电热毯。报上说,躺在电热毯上不好,一会儿我就把它关了。"

自上次来这儿以后,索远和麻丽有好多天没有肌肤相亲地过夫妻生活了。索远刚舒展开四肢,麻丽就似灵敏的小豹子般扑了上来,修长的双腿盘住了他的肢体,赞叹般道:

"又在一起了!真难得啊,是不是?"

不待索远答话,她又热辣辣地吻住了他的嘴,双手不住地抚摸着他的头发和脸庞。

只一会儿工夫,索远的兴致就给热情如火的麻丽调动了起来。真的,麻丽的身上有一股令他痴迷的诱人气息,激发着他的欲望和难以抑制的激情。同是女人,土里土气的但平平虽是他多年的妻子,却不会给他有这样陶醉的感觉。自从和麻丽组成了临时夫妻,三年中回回过春节来到老家郑村,索远和但平平的夫妻生活,不知不觉地变成了例行公事。相反,探亲过后回到上海,和麻丽别后相逢,每一次都有一种如鱼得水的美好感觉。真怪了。

麻丽的声音好似从很远的地方传进索远的耳朵里:"想要我了吗?"

"嗯。"索远轻轻地哼了一声。

"那你进来吧。"

索远把身子往侧边让了一下,让麻丽舒展着身子躺在他边上。他俯下身子去瞅她,床头边的小灯橘红色的光从侧面照射在麻丽泛着红润光泽的脸颊上,她的双眼幽深而又晶亮,闪烁着既渴望而又幸福的光芒,她那两片润泽的红红的嘴唇,似在催促他般地嚅动着,索远的手轻抚般从麻丽浑圆的肩头滑下,滑落到麻丽鼓突挺拔的乳房上。麻丽两道长长的弯眉似要蹙起,又急遽地舒展开了,索远只觉得麻丽的脸像盛开的鲜花般,鲜亮而美丽,引导着他俯下身去,贴下身去,紧紧地贴住了麻丽温暖柔和、体香四溢的身躯……

灯光晃动起来了,小屋晃动起来了,世界上的一切仿佛都离得很远很远,索远的感觉里,只有麻丽的脸,麻丽的双唇,麻丽深沉幽美的双眼,其他的啥都置之脑后了。

小屋里异常的静谧安宁,温暖如春。

很久很久,索远低声惊问着:

"你不舒服吗?"

"没有啊!"

"那你的眼角怎么有泪水,摸着热乎乎的?"

"那是高兴的泪。"

"让我替你抹去吧……"

"不用。"

"为啥?"

"让你记得,我快乐得淌下了热泪。"

"我怎么可能忘。"

"你觉得……幸福吗?"

"幸福。"

"快活吗?"

"快活。"

"陶醉吗?"

"如痴如醉。"

"甜蜜吗?"

"为什么要一一问过来?"

"我想知道。"

"没有这么好的感觉,我们的'临时'不会维持这么长的时间。"

"那你啥时真正娶我?"

"呃……"

"答不上来了吧!"

"彭筑会跟你离婚吗?"

"他不是向你表示出来了嘛。"

"我看当不得真。"

"你为啥有这感觉?"

"他要同你离,你会分掉他一半财产。"

"我不要他的钱,再说我也不知他当那包工头究竟赚了多少。"

"他在乎啊!"

"他抓到了我和你'临时'的把柄,会说过错一方在我这儿。"

"可法院是维护妇女儿童权益的。"

"我不管,在我心目中,你就是我真正贴心贴肺的丈夫,好老公。"

"不是第一个。"

"你这话是啥意思?"麻丽一声厉喝,坐了起来,"彭筑娶我在先,你当然不是我第一个男人。"

"彭筑说了,他也不是你第一个男人。"索远把憋在心底深处的话,吐了出来,斜乜着她。

麻丽沉下了脸:"他还说了啥?"

"他还说彭飞不是他的儿子……"

"这个畜生!"麻丽骂了起来,"他娶我时,说他什么都不在乎。现在,想到要翻老账了!"

"他说彭飞急需输血时,他才发现留在老家他父母那里抚养的儿子不是他亲生的。"

麻丽惊愕得失了语,脸上像抹了一层霜。半晌,她才喃喃地说:"他约你去隐声茶楼,我猜得到,他会胡言乱语,把我说成一个妖怪。他还说了什么,你别埋在肚皮里,都说出来。"

"他还说了你最早的换妻,说我至少是你第四个男人……"

"我就知道,你们做男人的,最在乎的就是这个,对不对?索远,你回答我!"麻丽转过身来,逼视着索远。她气愤得胸脯波动起伏。

索远不敢直视她喷射怒火的双眼:"我从来没问过你。他说到了,我就很想知道,这一切是真是假?"

"是真的,真的,索远。"麻丽转过脸去,眼泪夺眶而出,"不是我有意瞒你,一是我不想去揭这伤疤,二是你从来不曾问我。现在,你还想知道吗?"她说着往自己头上套着棉毛衫。

索远闭了闭眼:"当然。"

麻丽边垂泪边道:"记得我跟你说过,我老家在四川一个偏僻山乡,村寨小不算,还穷。初中毕业那年,我都考上高中了,是县城里唯一一所重点中学。才拿到录取通知书几天啊,父亲挖煤时遭了水仓,一条命莫名其妙就没了。我妈身体本就不好,看到从煤洞挖出来的爸的尸体,当场就哭昏了过去。家中的天塌了呀,哥好不容易谈定的婚事,眼看要吹了。女方家是副乡长啊,见原来说定的彩礼钱,哥拿不出来,就派人过来宣称要退婚。没办法啊,妈只好带着哥去求有权有势的副乡长,副乡长早盘算好了,说要维持婚约也可以,他的女儿嫁给我哥,我呢,要嫁给他的儿子。他那儿子是个瘸子,比我哥年纪还大,远远近近的姑娘,谁都知道他有残疾,不肯嫁给他。妈和哥没办法,从副乡长家回来,只得来求我,我一个已经拿到重点高中录取通知书的姑娘,怎么肯嫁给这个比我足足大了9岁的瘸子呢?妈的眼泪都快哭干了,只差给我下跪,哥呢,也是低声下气求我,要我委曲求全。我一心软,就把婚事答应下来了。17岁,那年我才17岁啊,就嫁给了副乡长的儿子,开始了我辛酸的婚姻生活……"

说到这里,麻丽已是满脸泪花。索远心疼地从枕边扯过两张纸巾递给她,他的心里是矛盾的,既想听她讲下去,又懊悔揭开了她的伤疤。麻丽啜泣着往脸上抹了抹,接着说:

"副乡长利用职权,给瘸腿儿子找了个轻巧活,让他在煤场上过磅,活轻钱多,照理小两口的日子该好好过。可这龟儿子脾气暴躁,总觉得人家瞧不起他是瘸子。婚后一年多,我没怀上孩子,他稍不顺心就骂我是不会生蛋的母鸡,只要我还他一句嘴,他对我就是劈头盖脸一顿打。婚后一年半那次,我被他打得头破血流,借着到乡卫生院包扎,跟在一帮到深圳打工去的姑娘们身后,我逃到了深圳,开始了打工生活。"

"在深圳待了几年?"索远见麻丽边哭边说,抽泣得凶,不住地耸动着双肩,问了一句。

"深圳没待多久,去了海南,后来又从海南回到深圳。打工两年半之后,我21岁那年,比我年长的姐姐们鼓动我离婚,她们说,这是变相的包办婚姻,会得到法院支持。再说,哥和副乡长的女儿已经有了一儿一女,他们跑到宁波打工,把妈也接去了。我鼓足勇气,回到村里,和瘸腿丈夫离了婚……"

"他竟然同意离……"索远一扬眉毛,诧异地问。

"哪里,他根本不同意,百般阻拦啊。我提出,不分他们家一点儿财产,不要他们家一分钱,"麻丽任凭晶莹的泪水顺着两颊淌下来,嗓音颤抖地说,"还拿出两年多积攒下的所有的钱,两万多一点,全给了他家,作为对他的补偿,我的身上只留下了再去深圳的一张车票钱。这举动先把法官感动了,法院出面先做通了副乡长的工作,又回过头来对他儿子明说,他不肯,法院也要判离。这才离成了婚。"

"怪不得。"索远吁了口气。

"离了婚,我又去深圳打工,尽管有男人时常来追我,我始终没答应。打工生活虽苦,苦中也有乐,深圳开放啊,新的环境,新的生活,新的世界,开阔了我的视野,我还想好好读书、好好追求呢!看到那些有文凭的本科生、研究生,毕业之后都有美好的前程,想到我的学业是因为换婚耽搁的,我心不甘啊!打工之余,我坚持天天晚上去读书、去补习,补习完高中的课程,我再去考大学,考不上本科大学,哪怕是读夜大,我也要读出一个文凭来。正当我一心一意打工、读书,努力追求时,灾祸又落到了脑壳上,我真没想到,我的命会这么苦……"

索远在听麻丽倾诉时,已支身坐起,穿上了衣服,身后垫了一个枕头,和麻丽并肩靠坐在床头上,他把手搭上麻丽肩头,小心翼翼地问:"又遇到了啥灾祸……"

麻丽把手中捏成一团的纸巾,抹拭了一下双颊,说:"那天夜里,读书回宿舍的路上,我遭受了暴徒强奸……"

麻丽泣不成声,双手捂住脸,浑身颤动地哭着。屋里除了麻丽痛心的哭声,格外地静。

震惊的索远,不由转过身把双手搭在她耸动的肩膀上,轻拍着:"别说了,不要说了。"

麻丽赌气地一甩胳膊:"要说!为什么不说?说都说到这里了,一股脑儿给你说清楚,省得你又要生疑心。"

索远收回自己的手,双手抱拳凝坐着,垂下了头听她接着讲。

"强奸犯后来是被抓了,可我的名声也传开了。背后总有人指指点点地戳脊梁,好像我也犯了天大的罪。"麻丽愤然地摊开自己双手,"我有啥子罪,我有啥子罪啊?我只是一个受害的姑娘……就是这当儿,认识了彭筑。他说他同情我,他不在乎我的过去,他对我嘘寒问暖,给我打饭,陪我去听歌,他劝我跟他一起到上海,离开深圳那个伤心地。你想,那种时候,我孤独,我痛苦,我连死的念头都冒出来了,有人来关心我、体贴我、安慰我,我自然而然随了他,跟他到了上海。再后来,再后来,打过几份工,就进了广惠厂,遇见了你……"

索远点了点头,他至今还记得,进厂面试的时候,他也在场。第一眼看见麻丽,就觉得她和那些同来应聘的女工不一样,沉静中透着秀美,凄婉中令人爱怜。这么说,麻丽是在被强奸后怀上彭飞的,生下了彭飞,彭筑自然认为是他的儿子,彭筑和麻丽相好,离麻丽遭遇不幸,时间并不长。索远想问,是不是这样?但是看到麻丽悲痛欲绝的神情,他又问不出口了。

小屋里暖融融的,麻丽新买的取暖器,还真管用。他俩都只穿着贴身的棉毛衫、薄毛衣,竟然一点也不觉得冷。麻丽一不说话,房间里出奇地安静。浜中村的夜晚,感觉比浜头村还冷清些呢。

陡地,手机铃声打破了沉寂。

麻丽的脸循声望着索远的枕边,索远摸索着拿起自己的手机,是妹子索英打来的。索远轻轻"喂"了一声,索英的声音就在小屋里清晰地响了起来:

"哥,跟你说啊,嫂子还真有眼光呢!她不是让文疯子徐一心把那篇小说挂到网上去嘛!"

"是啊,"索远瞥了麻丽一眼,"我知道。"

"真灵啊!人家影视公司看中了这篇小说,要出十万块钱来买他的改编权。徐一心高兴地到处说,但平平是他的恩人,是他的伯乐。"索英说话的语气同样很兴奋,"哥,我及时告诉你,是想提醒你,快去接嫂子回家吧!要不,文疯子徐一心要出手抢了。你听见了吗,听见了吗?"

"听见了。"索远闷闷地答了一句,收了线。

麻丽显然也听见了索英的话,她询问般瞅着索远,身子往索远靠过来,把头枕在索远的肩上。

索远的脑子里掠过一个念头,大年龄的光棍汉徐一心真有这意愿,还要看但平平愿不愿呢。

"现在,"麻丽打破了沉默,说,"你啥都知道了。"

"嗯。"索远"哼"了一声。

"你……嫌弃我了?"

"没有啊!"索远无辜地睁大了双眼。

"那你怎么不说话?"

"我……在想……"

"想什么?嗯,想啥子?"

"想……"

"往下说呀!"

"我们都有一段长长的过去。"

"你也有故事?"

拿在索远手掌里的手机又响了,索远望了一眼,连忙把手机贴在耳朵上:"你好!"

手机里响起祝婶的声音:"索远吗,还没下班回家啊?"

"祝婶,你好!我一会儿就回来了,有事吗?"索远谨慎地发问。

"雾霾大,你早点回来吧。有人跟你说话。"

索远狐疑地倾听着,电话里响起但平平率直冷漠的声音:"索远,你不是让我回家吗?我回来了,你怎么没在家啊?"

没等索远说出话来,电话挂断了。

索远听得出,这是但平平上到二楼祝婶的房间,在老人那儿打的电话。唉,怎么会这样巧,偏偏他没回去,但平平回浜头村了。

麻丽探究地盯着索远,轻声叹了口气:"我知道,她一催,你急着要回去了。"

索远安慰般拍了拍她的肩:"我在这里待不少时间了。"

"可我嫌短,"麻丽扑在他身上,"我舍不得你走,索远,我们的话还没说完呢!我都告诉你了,根根梢梢都对你说了,你还没说呢!你还没个态度呢!"

"来日方长,"索远真诚地把脸转向她,"我们有的是说悄悄话的时间呢。"

"是吗?你应该明白,"麻丽缠绵地道,"这一辈子,你是我最倾心的男人。"

"那我再待一会儿吧。"索远见麻丽闪烁泪光的双眼凝定般盯着他,那野性的幽深的光芒令他心里一震,下了决心般道。

麻丽扑倒在他怀里,一头埋在他胸前,不住地把脸在他胸前摩挲。

说是再待一会儿,毕竟但平平在浜头村等着,索远没待多久,穿好衣裳,拥吻了缠绵的麻丽,打开小屋的门,离开了浜中村。

祝婶没说瞎话,雾霾愈加浓重了,索远控制着助动车的速度,紧把着龙头,比往常更为小心地挨路边驾着车,回到了浜头村。

匆匆停好助动车,回到家中,屋里漆黑一片。索远预感到不妙,他打开了灯,屋子里空落落的,冷清、零乱、寒意袭人。吃饭的桌子上,醒目地放着一张纸,一支笔。

索远走过去,拿起纸来看,索想练习簿上撕下的纸面上,写着几行字,是但平

平娟秀的带点愤愤的字迹,有的字用力过重,笔尖把纸戳破了:

索远:

你太令人失望了!

我等待着你回心转意,赔礼道歉。

可你……

但平平于即日晚九时四十分

十五

听到麻丽的死讯,索远像当头挨了重重的一闷棍,放下电话的同时,他的眼泪顺着脸颊淌了下来。

这怎么可能?

早晨8点,流水线转动起来。于美玉的手机打进办公室,报告天天准时上班、往往比她和雷巧女早到的检测工麻丽还没进车间,以致做她下手的于美玉、雷巧女无法正常干活。索远让于美玉打麻丽手机,于美玉说她打过了,现在雷巧女仍在打,麻丽的手机没开,打过去都说"已关机"。

索远让于美玉干麻丽的活,雷巧女干于美玉的活。他打了个电话,安排车间里在浜中村租房住的一个青工小伙子,骑车赶到浜中村去,找22号的麻丽,看她是睡过头了,还是生了病。

索远觉得这两种可能都不会有,小伙子要去敲门,总得有个理由。

小伙子跳上车飞也似的赶去了。这期间索远拨打了两次麻丽的电话,于美玉说得没错,两次都说麻丽已关机。会有什么情况呢?昨晚索远离开浜中村时,不过10点左右。即使麻丽起来收拾一下,再躺上床去,最多不过是11点吧。和他俩当临时夫妻期间入睡时间差不多,麻丽勤快惯了,不可能睡过头。昨晚他俩在一块儿亲热,麻丽健健康康的,依依不舍地挽留他时,神情正常自然,她也不会生病。再说,她新买的取暖器使用得那么顺手,小屋里温暖如春,不可能着凉。雾霾又出奇地大,她也不会走哪儿去。她怎会不准时来广惠厂上班呢?

内心浮起一个接一个问号,正在百思不得其解、坐立不安之时,青工小伙子的电话打来了,没说清楚话,小伙子嘶哑的嗓门就变了调:

"索……索领班,不好了,不好了!麻丽、麻丽姐……她她她她……死了呀……"

索远的脑子里"轰"一声响,眼前金星乱闪,一阵眩晕。他咬牙镇定着自己,大喝一声:"胡说,你看见了?"

"看见了,是麻丽姐,我看清了……"小伙子语无伦次、七颠八倒、上下牙齿打架,最后还是把话说清了。他赶到浜中村,直奔22号,上了楼就拍门,没人答应,他就拉直了嗓门叫,边叫边用力拍门。不料门被他一用劲推开了,原来门是掩紧了的,没上锁,一大股热烘烘的气息扑面而来,他进了屋,嘴里喊着麻丽姐,一眼就看见,麻丽姐死在了床上。他大喊大叫地退出了屋子,房东、邻居、路过的租房客都拥来了。房东脑子比他清醒,说要保护现场,不能让大家进屋去看。当然,已经报了警,警察正在赶来。

说得这么确切,索远还有什么话可说?他抹干净眼泪,对人说了声有急事,到停车处取了助动车,就向浜中村赶去。

是我害死了她,是我害死了麻丽。

往浜中村骑去的路上,索远的耳畔始终响着这两句话。不和他做成临时夫妻,麻丽不会遭害,她的心里不会那样痛苦,她也不会孤身一人单独租住小屋。

可……可麻丽究竟是怎么死的呢?

窒息?中毒?那个取暖器散发出奇怪的气体还是……

赶到浜中村22号附近时,三三两两的围观者脸朝着22号门口,有的在互相打听,有的在窃窃私议,有认识索远的人,还和他打招呼。

走近22号,现场已拉起了警戒带,说警察已经赶来,正在里面询问最早的目击者,一个青工小伙和房东。下了助动车的索远,脑子里一心只想见麻丽最后一眼,双手插在广惠厂工作服的衣兜里直往前冲,直到一眼看见了醒目的警戒带,他才像陡地醒悟过来般,愣怔地站在警戒带边上。

派出所的一位警察,站在警戒带里面,挥了一下手道:

"无关人员请往后退,里面正在盘查。"

索远往后退了几步,站在路旁,泥塑木雕般望着22号那扇小门出神。

浜中村道边停了三辆警车,有人在说,死了人,区刑侦来了人,派出所也来了人,有法医,有技术人员。索远脑子里"嗡嗡嗡"作响,他不能相信,也不想相信,那么活生生的和他如此亲密无间的麻丽,他心中深深爱着的人,昨晚他还紧紧拥抱的鲜灵活泼的人,此刻已经离开了人世。她是怎么死的?是意外猝死,还是遇害?

天很冷,落漕浜水在河道边结起了薄冰,天气预报说,这是2013年入冬以来最为严寒的一天。上海老百姓都以为,寒流一来,西北风刮起来,就会把浓重惨淡的雾霾吹跑。谁知气温是降到了零摄氏度以下,雾霾仍然不肯消退。站在村道上打听消息、看热闹的围观者,抵御不住寒冽,渐渐散开了。

索远的双脚冻得有些麻木了,他交替地轻跺着脚,仍站在那里等待着。

约莫半个小时以后,索远派来的青工小伙子带头,22号小门里走出四五个警察,房东跟在最后面,是个退了休的老人,索远猜测他也像祝婶的丈夫一样,自己住在小区新工房里。浜中村的老房子,边等待拆迁,边出租给打工的新上海人入住,收取点租金,贴补日用开销。

从现场退出来的警察们走近了,索远一眼认出了来过他分厂的蒋所长和金探长,穿着警服,人顿时精神不少,索远起先没认出来。

青工小伙子先招呼了他一声:"索领班,我还要跟他们去公安局做一下笔录。"

这是例行公事,索远点头:"行。"

蒋丹娜所长也认出了索远,双眉一扬,黑白分明的大眼睛露出招呼的神情:"索领班,你也赶过来啦!"

索远向她和金探长点头招呼,伸手指了一下22号:"我能不能上去看一眼?她是我们车间里的职工。"

蒋所长征询地瞅了一眼金崧,金崧打量了一下索远,问了一句:

"死者家属在上海吗?"

"包工头,在外地。"索远简短地答。

金崧手一挥:"我陪你一起上去。"

说着带头往22号门口走去。

索远跟在金探长身后,走进来过两次的小门。

金崧走到二楼的小屋门口,停下来对跟着的索远道:"你看一眼也好,等她家属从外地赶来,你可以跟家属说一下。法医和技术人员很快要把尸体运去检验。"

索远点头。

金崧推开小屋的门,可能还是为了维持现场原样,小屋里一股热烘烘的气息,索远朝墙角那儿瞥了一眼,果然,麻丽新添置的取暖器仍开着。索远往床上望去,麻丽的整个身躯已装进了尸袋,拉上了拉链,他只能看一个轮廓形状了。泪水还是忍不住涌了上来,索远的双眼噙满了泪,他极力抑制着自己,才没让泪水淌下来。

金崧已注意到他神情的异样,侧转脸瞅了他一眼。

索远尽量保持平静的语气,问:"她是怎么死的?昨天还好好的。"

"初步判定是有人把她扼死的。"金崧说,"而且事先有预谋,戴上了手套。我们在现场没取到指纹。"

"啊!"索远暗自愕然。

"走吧,"金崧带头转过身子,"房东催着我们把尸体带走,他觉得不吉利,晦气。"

说着先走出了小屋。

索远迈着沉重的脚步,跟着金崧走出来。难道,这就是他和麻丽的最后一面吗?

回到广惠厂他的办公室里,索远什么事情都做不成。他双手抱着头,凝然坐在椅子上,脑子里满是麻丽的音容笑貌,耳朵里不时响起她喷爱的、抱怨的、愤然的、撒娇的、关怀备至的、亲昵的……声音。一个和他最为亲密的、亲热的,不是妻子胜似妻子的女人,从他的生命里消失了。他刚比较全面地了解她的身世呀!

这怎么可能?

这却是事实,冷酷的、千真万确的事实。

厂里开饭时,索远一点食欲也没有,他只是机械地、本能地随着开饭的铃声走进食堂里去。双脚一走进食堂的大饭厅,所有人的目光都从不同的角度望着他。有人直视着他的脸,有人偷觑着他,有人从侧面冷眼瞅他,有人在他背后望着他。看着他的眼神,有深表同情的,有显示怜悯的,有装作不知的,有冷漠的,有深感遗憾的,有痛心的,有伤心的,有静观事态发展的,也有狐疑的、愤恨的……

一感觉到这股气氛,索远心里就明白,广惠厂里已经传遍了。几乎所有的人,都已经知道,麻丽死了,而且所有人都晓得麻丽和他……

"是真的吗?"走进食堂来的苗姑娘于美玉,一眼看见打饭队伍里的索远,快步跑过来问,"索领班,我不相信,我和雷巧女都不信……"

她望了一眼随身后跟过来的雷巧女。

雷巧女同样把一对眼睛瞪得大大的,惊恐万分地望着索远。

索远的嘴角扯了扯,他感到排在前面、排在旁边队伍里的职工,脸都向他这边转过来了。他舔了舔干燥的嘴唇,说:

"真的。"

"怎么会？怎么可能？"于美玉抹起眼泪来，"昨天，就是昨天，她还好端端地坐在我前头干着活……"

"是啊!"雷巧女哭泣着道，"我都不敢相信自己的耳朵。"

打饭的队伍里有人咕噜了一句："天有不测风云。"

"这下我们广惠厂要引人关注了。"还有人接着轻声道，"出人命官司了!"

索远装作没听见，打了饭，走到一个没人坐的餐桌旁，两眼瞅着飘散饭菜香味的午餐，他一点食欲都没有。勉强吃了几口，一抬头的当儿，他就察觉到了前后左右时不时扫过来的目光，狐疑的、不怀好意的目光。

大庭广众之中，他已经不是第一次这样成为众矢之的了。那一天去浜头镇上的老茶馆探望但平平，柜台上的茶姑娘一声叫，引来过老茶馆大堂里众目睽睽的注视。这会儿待在食堂里，他再次成为所有人不约而同关注的对象。如果说上一次他自认为纯属偶然的话，那这一次已引起了他足够的敏感。众人的目光使他尴尬、窘迫、无所适从、浑身不安。三年多了，他和麻丽习惯成自然，自欺欺人地以为，他们的临时夫妻关系，周围的人们都心知肚明，事实上获得了承认，至少无人大惊小怪地以为是什么大不了的事情了。事到如今，索远才如梦初醒般意识到，他和麻丽的临时夫妻，挑战的是整个社会的公序俚俗，人们始终关注着他俩的一切，私底下，他们后背的衣服早被口水打湿、手指戳破了。像这一回，出了这么大的人命，更成了所有人议论的中心，没人同情他。

索远哪里还吃得下饭去，他胡乱地吞咽着什么味儿都没吃出来的饭菜，再也不敢仰起脸来瞅身旁一眼。今后他这领班还当得下去吗？

如坐针毡的滋味，他是体会到了。

味同嚼蜡地勉强吃完饭，交出餐盘走回办公室的路上，索英来了电话。

"哥，你……你要不要避一下？"妹子没头没脑地问。

"避什么？"索远感觉莫名其妙。

"暂避呀，就是躲避一下，"索英的语气里透着焦灼和不安，"消失一段时间。"

"为什么？"索远大惑不解。在这种时候，出现在所有相熟的人面前，索远是有一种坐立不安、浑身挨刺的难受感，但他是总领班，他得负起责任，他没权利逃避和消失。

索英的语气里，焦虑的味儿更浓了："你没听说啊，哥？"

"听说啥？"索远的语气极不耐烦，他觉得一贯心直口快、有啥说啥的妹子，今天说话怎么吞吞吐吐的？

"哎呀，说你是害死麻丽的凶手，"索英的嗓音虽然压得低低的，可索远听来，妹子嘴里说出的每一个字，如巨雷轰耳，嗡嗡直响、余音不绝，"说嫂子和索想在家乡遭了灾，到上海来找到你，你让麻丽走，麻丽不愿，向你提出巨额赔偿，索要青春损失费几十万，你一怒之下，把她……她……杀了……哥，哥！你在听着吗？哥……"

索远的双眼惊惧地瞪大了，他停了下来，索英的话像一颗颗子弹击中了他一般，令他身心俱焚，站立不稳。

索英的最后那一声"哥"，几乎是嘶喊出声的，她的叙述戛然而止，她预感到这些话对索远的打击，重重地喘了口气，改用安慰的语气道：

"哥，你别往心里去，我知道你没这种事。哥……"

"嗳，"索远捂着自己狂跳不已的心，应了一声，"你接着讲，我听着。"

索英道："我应该想到，没人会当面来跟你讲这些话。你是听不到的，不过我都听说了。哥，传遍了，浜头镇上，桂花苑小区里，上上下下都在传，连我打工的那户东家，都在对我说，说……"

"你说。"索远镇定着自己。

"说广惠厂里出了案子，结发的妻子来了，临时妻子不愿走，凶案就发生了。"索英喘不上气来一般道，"凶手是丈夫。哥，你想嘛，我听到这些话，想来想去,你该躲一躲……"

"我躲啥?"索远道,"我一躲开,一消失,那不证明凶手就是我嘛!"

"可你……"索英的嗓音哽咽了,"哥,可你怎么面对这一切?我都为你愁死了!"

"我也不知道。"索远赌气般挂断了线,大步流星地走回自己在分厂的办公室。

原来如此。这下他明白食堂里那么多目光从不同角度齐刷刷地扫向他的原因了,人们不但鄙视他和麻丽之间的临时夫妻关系,人们还都相信了流言蜚语,认为他是谋害了麻丽的凶手。认为他是杀人犯!杀人犯!

索远颓然落坐在椅子上,太阳穴旁边的一根神经"砰砰"跳着,生痛生痛。

这下是黄泥浆抹在裤裆上,不是屎也是屎了。

这下他的麻烦真大了。

麻丽是昨晚被人害死的。而昨晚,他恰恰又到浜中村麻丽重新装修一新的小屋里去幽会亲热了。他想撇清这干系,也撇不清了。

桌上的电话响了,响了三下,他才抄起话筒。

"吃饭了吗?"索远马上一惊,是范总打来的!

索远连忙答:"吃了,范总,我刚从食堂回来。"

"事情我听说了,"范总的语速不快,听上去和平时向索远交代工作一样,也没啥异样,"索领班,现在的关键是,麻丽是广惠的职工,要尽快查清案情的真相。你说是不是?"

"是,范总,是的。"

"我只问你一句话。"

"你说,范总。"索远只觉得自己的心跳加速了。

范总在电话里清晰地问:"是你干的吗?"

"不!"索远几乎是叫喊般地答,"绝对不是我干的……"

"我相信你。索远,进广惠厂十几年了,凭着我对你的了解,我相信你的话。"范总没待他表白完毕,就以信赖的语气道,"当务之急,是稳定分厂职工们的情绪,不要影响生产。耐心等待公安破案。"

"是,范总,我听你的。"索远恭恭敬敬地回答。范总挂断了电话,索远慢慢把电话搁在机子上,泪水忍不住淌下来。在这当口上,听到范总对他充满信赖的语气,他内心里十分感动。

索远抬起泪眼,望着窗外,分厂围墙外头的冬野上空,一片迷迷茫茫的雾霾。广播、电视里都在报道,昨夜的雾霾是2013年最厉害、最浓厚、危害最大的雾霾,上海有的区PM2.5甚至达到爆表的程度,口罩被买得脱销。虽说今天的雾霾势头减弱了一些,空气却还是一派混浊,令人嗓子眼里堵得慌,欲咳无痰,痒痒得好难受。

在这样恶劣混糊的空气笼罩下,公安有办法有能力迅速查清案情真相吗?

索远眼前掠过金崧探长和蒋丹娜所长的两张脸,这案子,是不是他俩在负责侦破呢?

是什么人,要采取如此凶残的手段,活活地把麻丽扼死呢?是城中村常见的流氓强奸?是流窜作案,还是麻丽不经意得罪了什么人,仇人的报复?噢,真是红颜薄命。

索远的情绪处于惶惑不安之中,天天必须走进几个车间的巡视停止了,半天一看的生产进度他无心了解。奇怪的是,分厂这里的几个车间班组,难得的平静,既没有电话打上来报告出啥纰漏,也没啥问题请示。

索远的心却始终平静不下来,头脑昏昏沉沉的,眼皮像几夜没有入眠般沉重,脑子里一个念头接一个念头,都是破碎零乱的:谣言满天飞,连索英打工的东家都听说了,那么,索想读书的学校里会不会听到呢?听到了会影响索想吗?同学会知道索想的爸是索远吗?还有但平平烧水斟茶的老茶馆,那个坐满了听众的书场,肯定是营营扰扰、吼叫连天把这件事翻来覆去在那里说,但平平听到了这件事,会咋个想?公安听到了这些流言蜚语,会来逮捕他吗?他们把自己抓了进去,要审问,要盘查,我照实说,他们会信吗?他们若说我不老实,我会不会遭打……

时间在难耐地流逝,索远在椅子上滞坐一阵,站起来伫立窗前,朝外凝望,望得眼神昏蒙,又在小小的办公室里来回走动,转累了以后又沮丧地落座,他不停地一口接一口地喝茶,茶水泡得都发白了,他仍觉得口渴,嗓子里不舒服。门外路过的人不时朝里面窥视。

雾霾天阴沉昏暗,不到午后4点天就要黑得晦暗下来。索远刚惊觉过来,开亮了节能灯,电话铃就刺耳地响了起来。索远俯身一看来电显示,是门房间打上来的,索远抄起话筒,电话里传来国字脸的门卫惊慌的嗓门:

"索领班,你……请你快下来一趟。"

"什么事?"

索远扯过一张纸巾,使劲地抹拭了一下流过泪的双眼,声音喑哑地问。

"有客来访……"

"你让他上来啊!"

"不,是麻丽家老公,我怕他到你办公室乱来。你、你还是下来一趟吧。"

索远的头皮都麻了。他脑子里闪过一个念头,彭筑来得好快!细想想,得到消息,从外地飞回来,赶得及时,也该来了。他对门房道:"行啊,你让他等着,我马上下来。"

索远扯过挂在椅背上的毛巾,也不落水,将就干毛巾往脸上使劲地抹了几下,又拿起茶杯喝了口水,站在办公桌旁定了定神,这才走出去。

出了楼,索远大步流星地往厂门口走去,刚来到门卫室旁,门卫室的小门"嘭"一声响地被拉开,彭筑像一头狂怒的豹子样从小门内跃身而出,冲到索远跟前,大吼一声:

"索远,我操你十八代祖宗,你还我的老婆来!"

说着,当胸揪住了索远的衣襟,使劲地推搡摇晃,恨不得一口吞了他。

索远反手抓住了彭筑的手腕:"有话好好说,你别这样!"

"我这样对你,算是客气的!"彭筑的一对绿豆眼红红的,凶相毕露地嚷嚷,"你小子他妈的十足一个烂畜生!你睡了我老婆,现在又亲手杀了她!你还我麻丽来。"

"我没有害麻丽……"索远申辩道,"我凭啥要害她……"

"麻丽就是你杀的!"彭筑唾沫飞溅地大叫大喊,"你乡下的老婆来了,你嫌麻丽碍事了,要踢掉她这块石头,就把她杀了。"

"你听我说,彭筑。"

"我不要听你讲,我要你杀人抵命!"

门卫冲进来了,车间里的职工们闻声跑出来了,人们纷纷上前来劝架,拉的拉彭筑,劝的劝索远,硬是把他俩分隔开,围成了两堆劝阻。

彭筑仍在不依不饶地粗声叫骂着:"索远,你个臭无赖,你害死了麻丽,自己也不得好死。老子上次就警告你了,要你们好离好散,你下此毒手,老子要为麻丽报仇,死都不会放过你。"

索远被彭筑咒骂得脸一阵红一阵白,他看到车间里的工人们几乎全离岗拥到厂门口来了,拍了拍巴掌,对大伙道:

"谢谢大家的关心。天气冷,请大家都回车间自己的生产岗位上去,我个人的事情,不要影响了广惠厂的生产。谢谢大家了。"

彭筑还在破口大骂:"索远,你个杀人犯,麻丽到了阴间,都不会饶过你……"

几声疾速的刹车传进众人的耳朵,两辆警车停靠在广惠分厂的大门口,索远透过人丛望去,金崧探长和蒋丹娜所长,还有三位警察一齐走来。

彭筑挤出围住他劝架的人堆,高高地扬起手喊:"警察来了,好啊!快把杀人犯索远抓起来,为我老婆麻丽申冤。"

蒋丹娜所长径直走到索远面前,黑白分明的双眼波光一闪,清晰地道:"索领班,我们已经了解到你和死者麻丽非同一般的关系,请跟我们走。"

围观的职工们不约而同默默地让开一条道,众目睽睽之下,索远随着蒋所长手一指,走向警车。

"好啊!"彭筑拍着巴掌,高声赞,"就该把凶手绳之以法。"

金崧走到彭筑的跟前,转过半个身子,对团团围观着的职工们说:"我们正在来你们厂的路上,想来找索远索领班核查一些问题,就听到门卫给我们打来的报警电话,巧了。大家回车间接着上班吧,请相信我们,麻丽之死,终会真相大白。"

彭筑又拍了几下巴掌:"谢谢公安,我代表麻丽先谢谢你们!"

金崧扫了他一眼,问:"你是……"

"我是麻丽的丈夫彭筑……"

"那正好,"蒋所长打断了他的话,"我们刚巧要寻找麻丽的家属,你也跟我们一起去吧。请!"

蒋所长的手指向另一辆警车。

索远透过车窗,只见彭筑点住自己的鼻子,问:"我也要去?"

金崧对他一点头,说:"你是死者的丈夫嘛,最重要的关系人,当然要协助我们调查。"

彭筑摸了一下自己的脖子,悻悻地走向另一辆警车。

索远推开车门,举起双手对大伙说:"对不起大家了。还没到下班时间,请大家还是回到岗位上,继续干活吧。"

说完拉上了警车门,隔着车窗玻璃,双手抱拳,连连向职工们致意。

两辆警车调转车头,驶离厂门口。

索远盯着警车的反光镜,只见围观的职工们并没听从他的招呼回车间去,而是追随着警车,在厂门口目送着警车渐行渐远。

带着湿意的、恼人的雾霾,一忽儿工夫,就把一切都遮蔽得看不见了。

十六

"虽是个打工的,你艳福不浅啊!"金崧再次坐到索远面前时,揶揄地逗了他一句。

索远全神贯注盯着金探长的脸,极力想要从他的表情中窥探一点对案情的把握程度,可金崧带点讥讽的笑容,让他仍然如坠云里雾里,猜不透他们究竟搞没搞清,麻丽是被谁活活扼死的。

该说的索远都说了,他和麻丽的临时夫妻关系,他对麻丽的爱,麻丽对他的依恋和信赖,他的无奈,困在两个女人中间他的迟疑不决,他作为男人割舍不下的责任感,他对麻丽逐步加深的了解,甚至他对但平平和麻丽不同的性爱感受,还有他的后悔,失去麻丽的痛苦,人虽然不是他杀的,可是他真正地从良心上感到,是他和麻丽组成的这种不为社会所容的临时夫妻关系,害死了麻丽。讯问中他落了泪,他希望公安尽快破案,抓获扼死麻丽的凶手。

金崧和埋头记录的预审人员耐心地听着他啰里啰唆的唠叨,很偶然地才插问一句话,他们似乎理解索远需要倾诉,需要把心里话都说出来。记录员叩击电脑键盘的"嗒嗒"声轻响着。

除了任他天马行空地往下说之外,金崧细致地问过几个话题,让索远详细地说一说头天晚上的时间。他是什么时候到浜中村麻丽租住的小屋的,两人双双坐着吃晚饭是什么时间,上床是什么时间,在床上待了多久,这期间听到过啥动静没有,什么时间起床的,索英来电话是什么时间,祝婶家的座机是什么时间打来的,他是什么时间离开麻丽的小屋,什么时间回到浜头村自己家中的,有什么人可以为他的这些时间作证。

哎呀,这可把索远难住了。他和麻丽都有一个共同的体会,两人待在一起的时候,时间过得特别快。尤其是两人难得聚在一起享受性爱的时候,都像只是眨个眼的时间,结果一看表,几个小时已经过去了。当时觉得心惊、心烦,现在还真得感谢妹子索英和祝婶家座机打过来的电话,索远的手机都有显示,可以证明她们打来的电话,是在夜里几点几分。其他时间,比如他是几点几分到浜中村的,几点几分离开麻丽的住处回浜头去的,他只能答个大概时间了,精确不到分秒。

索远心里猜,金探长这么细细地问,为的是估摸麻丽遇害的具体时间吧?如果他估摸出来的时间,和他离开麻丽住处的时间相近,那自己的嫌疑就更大了,更脱不了干系了。

金崧还顺带问了几个问题,在广惠厂,麻丽有仇人吗?或者说,有什么人和她结过怨、吵过架,意见特别大?麻丽对生活在丈夫彭筑老家的儿子彭飞感情如何?她和彭筑的关系怎么样?

这些问题,索远都尽自己的了解和感觉如实地回答了。问及他和彭筑的关系,尤其是问及他俩在隐声茶楼的那次暴风雨之夜的谈话,索远有些惴惴不安,有点尴尬,有些坐不住。他对彭筑没啥好印象,这家伙在自己面前摆阔、甩派头,显示他在外头玩女人成性,但若说他为麻丽与自己的特殊关系吃醋,索远真的看不出来。

在索远看来,麻丽和彭筑离婚,是早晚的事儿。彭筑害怕或恐惧的,只是麻丽和他分手,会分割掉他的一半财产。至于感情,他俩真的谈不上有啥夫妻感情。也正因为此,索远才觉得对不起麻丽,从感情上说,无论是日常生活言语之间,还是从索远的切身体验,麻丽都是倾向于索远的。如若麻丽念及与彭筑的夫妻情分,但平平一来,她就会像其他临时夫妇遇到类似情形一样,回到彭筑身边去了。她也不会租既离广惠厂近,又离浜头村索远近的浜中村小屋入住了。

几次连续讯问,索远觉得,该说的话,他已经竹筒倒豆子,一股脑儿全都给警方说了。他没啥可隐瞒的,他有歉疚心理,他感到对不起麻丽,甚至麻丽的惨死,他有责任,但他不是杀人犯,他对麻丽怀有深情,他爱麻丽,他盼望警方尽快破案,还他的清白。在公安局待的时间越长,他的杀人嫌疑越大,外面特别是广惠厂上上下下,肯定已把他说成是一个罪犯了。有什么办法呢?他的嫌疑太大了,一切证据都在显示,他不可能轻易地摆脱害死麻丽的嫌疑。

金崧重又坐到他面前,开口就对他说出这么句带点玩笑的话,索远有点惊疑,他猜不透名声在外的金探长,是有意调侃,还是调节一下讯问气氛,抑或预示着好兆头。索远挪动了一下身子,坦然地回望着金崧,每次接受讯问,索远都保持着这副问心无愧的坦然神情,来回答金崧的每一个大小问题。他真的没害人。

金崧嘴角露出一丝笑纹,看清楚他的微笑,索远的心情放松下来,看得出这是一个好的预兆。真把他当成杀人嫌疑犯,审讯人员不会露出这种笑容。

"真的,你看你到了这儿,"金崧的手指点了点桌面,说,"你在浜头镇上打工的老婆和读书的女儿找到公安局来了,信誓旦旦地对我们说,你是个好人,杀只鸡都不敢,肯定不会杀人。你这个名字怪怪的老婆不简单啊,是我接待的她,她说避灾逃难到了上海,发现了你和麻丽的关系之后,她没同你吵,没跟你闹,她躲一边去了,等待你想清楚,等待着你做出选择,是要麻丽还是她。"

说到这儿,金崧停住了,脑袋往边上一偏,眯了眯眼睛,问:"是不是这样啊?"

"是。"

"嗳,索领班,你到底有什么本事啊?我们上海人说的,你究竟有啥魅力啊?"金探长的声音一下子提高了,"死去的麻丽一心要离了婚嫁给你,发现了你有背叛行为的老婆耐心地等着你醒悟,你女儿还'爸爸、爸爸'地哭着说,'不要冤枉我爸爸'。嗳,索远。"

金崧双肘靠在桌面上,两眼炯炯地盯着索远的脸,说:"你能不能给我传授传授经验,让我学学?"

索远不好意思地笑了一下。他猜不透,金崧有什么真实意图,还是想套他什么话?

金崧接着道:"你老婆但平平给我一个突出印象,她没同你大吵大闹,撒泼哭叫,她也没找到麻丽跟前去和第三者打骂,她向我证明了一点,她没给你压力。她说即使你选择了麻丽,她也认了,她也要带着女儿,打工活下去。这么善解人意的女人,你到哪儿找来的?"

"乡下,郑村乡下。"索远轻声说,"一个叫贝村的地方。"

金崧指着索远:"你还有个神通广大的妹妹,叫索英吧……"

"索英。"

"她四处托人,打听你的消息呀!我甚至怀疑了,你们家到底有什么背景?"金崧两手一摊,"一摸底,就是个钟点工,社会最底层打工的,可她托的人都是浜头镇、区里有头有脸的人物啊!人家是真心帮她打听你的案情呀。等结案之后,我都想认识认识你这个妹妹了。"

"我妹子是好人。"

"你没听社会上尽传,这年头好人不多嘛!好人都只认钱嘛。"

"我妹子是好人,"索远一字一顿重复着,"是依靠劳动过活的好人。"索远本来想加上一句"我也一样",话到嘴边,他咽了下去。想到自己和麻丽的三年多临时夫妻关系,这毕竟是软肋。

可是金崧听出他的话外之音了,他支起耳朵,乜斜着索远道:"你的意思是,你和索英一样?"

索远点了点头,低声道:"有些事情,是没有办法。"

屋子里一片沉默。只有记录的民警叩击电脑键盘的"嗒嗒"声清脆可闻。

索远话里的意思是,他和麻丽的临时夫妻关系这类事儿,是没有办法的事儿。不晓得有"神探"之称的金崧,能不能听懂?它存在着,是社会上的负面现象,不时地在像城中村或是什么小区里掀起一点波澜,却杜绝不了。

金崧离座站了起来,一身轻松地在索远跟前走了两个来回,说:"在让你出去之前……"

"真的?"索远惊喜地喊了起来。

"不要激动,你想不想知道,谁残忍地扼死了麻丽?"

"想。"

"彭筑。"

"是他?"

"就是这个号称赚了一大把钱的包工头,一个恶棍,赌鬼!从一开头我就瞄上他了。他是赚到过不少钱,可他花天酒地、纸醉金迷,最主要的是赌博。第一眼看到他,从他的脸色、眼神,我就觉得他是个赌鬼!"金崧无声地笑了笑,"那天他来找你当众闹,正好,请他一起进来,细细盘查,全露馅了!在外地输了个精光,跑到上海来躲赌债期间,他发现了你和麻丽的关系,你们叫什么,临时夫妻。他精心设计了一出戏,为麻丽买好了巨额的人身保险,虚张声势地约你到隐声茶楼谈判,然后四处放风,说他去内地处理了工程事务之后,回来同麻丽彻底摊牌离婚。目的是让你们放心,继续维持你们之间的关系。其实呢,他哪里都没去,就隐身在上海,密切关注着你和麻丽的一举一动。那天你从麻丽住处一离开,他就窜上去了,叫开了门,活活地扼死了麻丽。他是有预谋的呀,戴了手套,事成之后溜之大吉,自以为做得神不知鬼不觉。那个晚上雾霾大,浜中村里又没探头,村外两个最大的道口,虽然有探头,也把晃动的人影弄得迷迷糊糊的,不好查呀。而你,谁都知道你和麻丽是临时夫妻,谁都知道你的结发妻子和亲生女儿到上海来了,谁都知道你得在两个女人之间做出选择。你的嫌疑最大,你是浜头镇地区传播得纷纷扬扬脱不了干系的第一号嫌疑犯。我们一方面要找到彭筑杀人谋财的证据,麻丽一死,得利最大的是他呀,况且麻丽的巨额人身保险是他在今年夏天买下的;另一方面我们也要找到你索远犯没犯罪的证据呀。知道是谁给你提供了最有利的证据吗?"

索远摇头,他猜不着。金探长所说的案情,大大出乎他的意料,他装了满满一脑瓜新鲜印象,一时还没转过神来。

"记得我一而再再而三问你,回到浜头村家中是什么时间吗?"金崧谈起案情来,双眼雪亮放光,神采飞扬,像完全换了一个人。

索远点头,他总是说不准。

金崧给他揭穿了谜底:"我们的法医和技术人员给出了麻丽死亡的准确时间,是那天夜间的10点20分至10点30分之间。而你每次回答我,回到浜头村家中,是10点左右,是左是右你讲不清楚,只能提供但平平留条的证据,是9点40分。对吗?"

"是啊,"索远点头,"那晚雾霾大,助动车骑得慢,我真讲不清是几点几分到的家。"

金崧笑了:"你是诚实的。可是有一个人注意到了你回到家中的准确时间……"

"谁?"

"你的房东祝婶……"

"是她啊!"索远没想到。真没想到。

"你老婆留了条,给她说了,要去浜头镇老茶馆,请她留意一下,看你是什么时候回到家的。"金崧道,"老人家还真留神了。你老婆离开不久,她就听到了你回家来的助动车声,还有你的开门声……"

"那是几点?"

"正巧是晚上10点整。祝婶说,她看她家那台三五牌闹钟的时间时,电视机里恰好开始播10点的新闻,不会错。"金崧吁了口气道,"这就排除了你的重大嫌疑。而我们对彭筑的调查,也获得了突破。先是在浜中村附近道口的探头中,查获到他的模糊身影,接着在他藏身旅馆的探头中,查清楚他走出旅馆和回到旅馆的准确时间,又从保险公司拿到了他为麻丽买巨额保单的证据。还有他进入浜中村小屋的脚印,他佯装从外地飞回上海却没有他的航班记录……当然,还有审讯中种种不能自圆其说的漏洞,以及他最后自己的交代,没有彻底毁弃的作案手套。总之,案子是破了,你可以安心回家了。广惠厂那里,我们会给一个说法的,你放心。顺便说一句,厂方对你不错,你们范总自始至终,对你的评价都是一致的,不因为你在接受我们的调查,他的态度有什么改变。由此,我们也觉得,你的为人是可以的。"

索远一迭声地道着谢,离座站了起来,紧紧握住了金探长的手。金崧还了他一个清白,公安还了他一个清白,他浑身有一种解脱的轻松感,身心由衷地涌起一股感激之情,他脸上笑着,内心又一种抑制不住的想哭的冲动。

金崧重重地拍着他的肩膀道:"回去吧,回去后休息几天,好好过日子。你老婆、女儿、妹子,还有广惠厂派来接你的代表,都在我们接待室等你哪!"

索远喜悦地扬起双眉:"真的?"

"我还骗你呢?走,我陪你过去。"金崧说着,指了指门,带头往外走去。

索远情不自禁扯了扯衣襟,跟在金探长身后,大步走向区公安局的接待室。

尾声

昨天开始,索想放假了。

上海的寒假,全市从元月17日统一放起。浜头镇小学也不例外。不巧的是,刚放假,上海就发布空气重度污染的蓝色预警。

雾霾又来了。

索远的记忆里,雾霾已经成了人们一年到头都要说到的话题。市里面开"两会",政协委员和人民代表,都在讲雾霾的话题,要治理尾气,不要放烟花爆竹,田野里禁烧秸秆,建筑工地加强洒水,一张报纸上说西北风刮来了污染物,另一张报纸上说,风力极小,污染物累积,不晓得让老百姓该相信哪一种说法。只是,嗓子眼里堵得慌,这感觉却是真切的。

索英坐上出租车,赶到浜头村来的路上,给索远打了电话,说:"蓝色预警发出来了,哥,你们快准备好,我打的到了浜头村,我们四人一起坐出租到莘庄地铁站,然后坐地铁1号线,换乘地铁2号线,直接到虹桥火车站坐高铁。这样可以少在露天待,少受污染。"

索远说:"行啊,你嫂子和想想一切都准备好了,就等你来了。她俩啥都听你的。只是,1号线要开到人民广场站,才能换乘2号线,这么走不是有点绕吗?"

"哎呀,哥,你又忘了。"索英的理由振振有词,"想想不是喜欢坐地铁吗?这回让她过过瘾,坐个够。绕就绕一点嘛,反正从终点站上车,有座位。时间绰绰有余。"

妹子是对的,像想想这样从郑村乡下来的小姑娘,走进熙熙攘攘、人流如潮的地铁站,坐进地铁车厢,本身就是一种体验,一种享受。无论1号线在地面上走,还是钻到地下,对她都有一种新鲜感。自己初来上海,不也是这样么。索英想得周到。索远息事宁人地道:"依你,都依你。你怎么安排,我们就怎么走。"

坐在椅子上安心等着的但平平说:"索英妹子的脑瓜子就是灵,听她的没错。"

早早把双肩包背上身的索想道:"地铁车厢里空,我还要拿妈妈的手机照张相,回到郑村老家,给小朋友们看看,上海的地铁是什么样的。他们都没见过哩。"

索远逗她:"你会用手机照相吗?"

"她会,你给买的手机,都是她在摆弄,才几天啊,她啥都会了。"

没等索想回话,但平平手一指女儿,嗔爱地道。

说话间,出租车喇叭响,索英的嗓门随后在外头响起来:"哥,嫂子,想想,快出来上车吧。"

一切都如索英设想的那样顺当,出租车坐到莘庄地铁站,才一个起步费,分摊到四个人头上,和坐公交差不多。在终点站果然坐到了位置,索想拿着妈妈的手机,一会儿给妈照,一会儿给嬢嬢和妈照合影,一会儿又给爸和妈照合影,车厢晃动时,她没抓好扶手,惊得但平平叫出声来:"让她别拍了。"

索想稳住了身子,又举起了手机,嘟着嘴说:"我不会跌倒,妈,你挨着爸近一点呀,亲热点,笑,笑啊!我要给你们拍一个合影,要爸和妈都乐乐呵呵的,我拍啦!好。"

拍完了合影,她先凝神瞅一眼,然后得意地走过来,挤在索远和妈之间坐下,举起手机给他们看:"瞧,我拍得多好!嬢嬢,你说好不好?"

索英的头探过来说:"想想抓拍得真好哪!想想,快给这张照片取个名字。"

想想不假思索地道:"还用我取名字吗?人家都取好了。"

但平平斜了女儿一眼:"你瞎嚷嚷个啥呀!"

"真的,妈,"想想把手机上的照片来回晃了一圈道,"这张照片,就叫201314,爱你一生一世。"

索英轻轻一拍想想的肩:"想想,小小年纪就这么聪明,长大了一定不得了!"

但平平的眼角瞥了瞥索远,羞涩地笑了:"瞧这孩子。"

索远淡淡一笑,没吭气儿。瞧着温顺含蓄的妻子、活泼机灵的女儿,和一心向着他的妹子,他的心头百感交集。爱你一生一世,说起来顺嘴、好听、吉利,实践起来不易啊。一生一世,多么漫长的岁月,人的感情要经历多少波澜、跌宕、曲折和考验啊。麻丽的遇害,对他的心灵和人生,是一次刻骨铭心的重创,一个多月里,只要静下来,他就会有一种迷茫、失落、惆怅的无助感。但平平住回浜头村的家中来了,他和妻子、女儿开始了团聚在一块儿的家庭生活,伤痕似乎在痊愈,三口之家的日子消融在天天如此的打工生涯中。可在冥冥之中,麻丽的音容笑貌,会突然出现在他的眼前和耳边,令他震惊、令他骇然、令他无所适从。

只有妹子索英,仿佛能洞察他心灵的颤动,她时常会用一种探究的目光,注视凝然沉思的索远,说一些宽慰他的话。真是个好妹子。

元旦过后,索英提议,一家人共同回故乡郑村去过年。一来郑村集乡政府,来了几次电话让他们务必回去一次,有一系列的灾后救济、灾后抚恤、灾后重建新农村事宜要同他们联系;二来呢,去家乡祭奠一下洪涝灾害中去世的父母,好好地请来石匠立一块碑,并感谢洪灾之后乡、村两级领导对但平平和索想的关心,及时地把她俩送上来上海的火车;三来他们四个索家的子孙,必须要做出一个决定,在郑村老家,是否重新盖一幢房子,盖的话,是盖一套像模像样的二层小楼呢,还是一般的平房。这也是村、乡两级催着要他们尽快定下来的。盖安置性的平房,县里面已拨下了灾后重建资金,乡、村里已做出了统一规划,不需要贴啥钱了。如若想就此盖得好一点,像郑村有些人家一样,盖宽敞、美观、带阳台的别墅型小楼,就得自己贴一笔钱。

问题一提到上海来,就产生了两种意见。索英和索想是惊人地一致,她俩都说这一次回去祭奠了老人,以后每年不过就是回郑村上上坟,是不会在乡下住下过日子的。房子别盖了,领上建房款就行了。索英说:"我都在上海买下一小间房了,乡下留啥房子?又不去住,盖了长茅草啊!郑村人家家有房,又没人要租。"想想说:"我爱上海,写作文我都这么写了,我不要回郑村。"但平平说:"我们是郑村人,爹妈的坟在郑村,能在老家建一幢好好的房子留着,养老也有个去处啊!"索远呢,觉得自己的根在郑村,不建房,和故乡的联系就断了,即便以后真正成了新上海人,在家乡也该有个落脚之处,毕竟,他们是从郑村那地方走出来的。

意见统一不了,于是就说说定了,回到郑村去,和村里乡里商量过后,再做出决定。不过,索英想领建房款的想法,乡政府在电话上已经明确,重建新农村住房的资金,上级明确专款专用,不能领现钱。老宅基地的地势太低,不能再建房了。新规划的宅基地,建了平房,可以作招待所使用,索家子女回老家探亲祭祖,随来随住。经济上的账,俟他们回到郑村具体商量。

说一句商量,根据索远对于郑村老家风情俚俗的理解,扯皮的事儿就多了,三天五天定不下来。故而他同意了妹子的提议,早一点回去,留出充足的时间,趁着过年的气氛,把事儿一件件地定下来,建不建房,建多大的房,建成之后作为乡政府招待所,平时如何管理,房租如何分成,得用合同的形式定下来。好在兄妹俩同行,索英又善于同方方面面周旋,索远有信心能把事情处理好。他向范总请准了假,妹子又给一个个东家打了招呼,但平平找着了替她代班的茶水工。寒假第二天,一家人兴致勃勃、信心满满地踏上了回故乡的旅程。

地铁1号线到了徐家汇站,下去了一大帮旅客,又拥上来更多的乘客。不是上下班高峰时段,车厢里并不拥挤。坐在位置上的旅客,有翻报纸的、看杂志的、读书的、盯着小小的手机屏自顾自窃笑的、发短信的、轻声煲电话粥的,还有个姑娘掏出小圆镜自顾端详。有几位中老年务工者,扛着大大的麻布包、厚重的行囊,提拉着鼓鼓实实的蛇皮袋,拖着满满的行李箱,挤进了车间,拎着大包小包的妇女争着来抢座位,行李太大的,干脆就把蛇皮袋、麻布包放在地上,一屁股坐在包裹上,粗重地喘着气儿。

索远看到他们累得气喘吁吁的模样,心有所感地瞅了索英一眼。索英向他会心地一笑,努了努嘴。

比起这些衣着朴素的务工者,索远一家子潇洒多了。起先但平平也哇哇叫,说头一次回家乡,远亲近邻的,总得备些礼物,要不乡亲们背后要说闲话,这么急着走,根本来不及准备啊!晚几天动身吧。上海不让放烟花爆竹,回到郑村,总得放一点,驱驱邪气。浜头镇上的各种小吃,很多郑村人没见过,一样买一点,给大伙儿尝,也得几大包啊!索英说:"嫂子你别紧张,一个晚上,我都跟你搞定了。"她陪着但平平,借了一辆手推车,把所有要带的东西和年货,全都打成包通过快递运走了。浜头镇上没有的东西和年货,甚至连小吃,索英趁着节前的网上促销,全买好快递去了郑村。她对但平平说:"嫂子,你尽管放心,这么购物,既经济实惠,又省心省力。"但平平一一照着妹子的吩咐办了,这才落到回郑村去的旅途既轻松又自在,像很多上海人在假期里出门旅游,想想可以拿着手机拍照,他们互相还能说笑。不像这几个带着大包小包的务工者,累得气喘吁吁,一坐下就打哈欠,就是要眼睛不住地转动,盯着自己随身带的几样行李,表情忧郁、木讷,默然呆坐着。探这么一次亲,实在太累了。

"哥,瞧瞧,"索英似乎看穿了索远的心思,轻声道,"几年了,难得回一趟老家,就该轻轻松松的,是吗?"

没等索远讲话,但平平就抢着道:"我早说了,什么事儿听妹子的,不会错。要不我们也得像驴子像马样驮着。"

在人民广场站,随着上下车的人流,换乘上2号线,地铁列车直驱虹桥火车站。车厢那一头,一个弹着吉他的歌手,趁着乘客不多,弹奏着吉他,用沙哑的嗓门唱着:

　　越来越陌生的故乡,
　　居住着我那年迈的亲娘,
　　她收获了今年的新粮,
　　抬头仰望天边的月亮
　　……

听着这几近悲凉的歌声,一个坐在行李包上的打工汉子抹了把眼角的泪,从衣兜里摸出一枚硬币,放进了歌手吉他边上的衣兜。

索想拿着妈妈的手机,循着歌声向车厢角落那头走去。

索英紧跟在侄女身后,轻声叫着:"索想,你别跑远了。"

但平平向两人的背影凝视着,回头瞥了索远一眼,见索远也在朝女儿那边望,没头没脑地对索远清晰地说:

"不管在郑村老家盖不盖房子,我再不离开你了。这一辈子,你到哪儿,我就到哪儿。"

说完,直盯着索远的双眼,看他的表情。

索远没回话,只是庄重地点了点头。

地铁列车"咕咚咕咚"朝前疾驰。